革命は花の香り

桃花男子《とうかだんし》

岡野麻里安

講談社X文庫

目次

小松《こまつ》 千尋《ちひろ》

高校1年生で、英国人の父と日本人の母を持つ美少年。内弁慶で、やや人見知りする性格。ある日、PCゲーム『蓬莱伝《ほうらいでん》』で親友の櫂と対戦した千尋は、中華ふうの異世界、蓬莱国に飛ばされてしまう。そこで、自分が伝説の巫子姫《みこひめ》、桃花巫姫《とうかふき》だと言われるが……。

尾崎《おざき》 櫂《かい》

千尋の幼なじみで親友。15歳。黒髪と黒い瞳 凛《りん》とした面差しの少年。女子に大人気で、弓道部でも活躍中。千尋とともに異世界へ飛ばされるが、途中で別れ別れになってしまう。そして、ようやく再会した時、櫂にはある変化が……。

桃花男子

登場人物紹介

李《り》 姜尚《きょうしょう》

王に逆らう地下組織、長風《ちょうふう》旅《りょ》団《だん》の指導者。大熊猫《おおくまねこ》の芳《ほう》芳《ほう》を溺愛している。22歳。

楊《よう》 叔蘭《しゅくらん》

荊州《けいしゅう》の神獣の祠《し》堂《どう》を護っていた美貌《びぼう》の巫子《ふし》。長風旅団に所属。23歳。

香貴妃《こうきひ》

蓬萊王の寵妃《ちょうひ》で、艶《なま》めかしい黒髪の美女。後宮で権勢をふるう。

趙《ちょう》 朱善《しゅぜん》

王を警護する禁軍の武官。25歳の若さで一部隊の兵帥《たいちょう》を務める。

龍《りゅう》 月季《げっき》

蓬萊国の若き王。悪逆非道な振る舞いで、民に恐れられている。20歳。

李《り》 睡江《すいこう》

長風旅団の一人で、姜尚の弟。柏州《はくしゅう》の大学に通う学生。

司馬《しば》 瑛《えい》

王に仕える秘書令《ひしょれい》。生粋《きっすい》の貴族で、明るくお祭り好きな性格。

イラストレーション／穂波《ほなみ》ゆきね

革命は花の香り

桃花男子《とうかだんし》

序章

矢が的《まと》にあたる乾いた音がした。

「皆中《かいちゅう》!」

ドスのきいた男の声が花冷えの空気のなかに響きわたり、つづいて、パラパラと拍手が起こる。

(うわあ……弓道部、気合《きあ》入ってんな)

一人の少年が、恐る恐る弓道場をのぞきこんだ。ほっそりした身体《からだ》に黒い学生服を着て、紺のスポーツバッグと白い布の学生鞄《がくせいかばん》を肩からかけている。

先週、高校生になったばかりだが、小柄で華奢《きゃしゃ》な体型はまだ中学生といっても通るくらいだ。

外気にさらされている肌はうっすらと陽に焼けているが、地の肌の色は欧米人のように白い。やや長めの栗色《くりいろ》の髪はふわふわで、光に透けると金茶色に見える。長い睫毛《まつげ》に囲まれた瞳《ひとみ》は、はしばみ色。唇の色も綺麗《きれい》なピンクだ。

この少年の名は、小松千尋《こまつちひろ》。日本人とイギリス人のハーフで、父方の姓はノーザンバランドという。

ノーザンバランド家はイギリスでは名のある貴族らしいが、父親は何不自由ない暮らしが嫌になって家を飛び出し、各国を放浪した末に日本に流れつき、今は写真家として活動している。母親とは日本に来て、すぐ知り合い、熱烈な恋愛の末に結婚した。千尋は一人っ子で、兄弟はいない。

色素の薄い髪と瞳のせいか、千尋は小さな頃はよく近所の子供たちに「外人」とはやしたてられ、いじめられてきた。

そのままいけば、内にこもりがちで陰気な少年になっていたところだが、幸い、近所に住む幼なじみがいつも千尋をかばってくれた。

おかげで、少々、内弁慶で人見知りするところはあるものの、根は明るく活発な少年に育った。

学校は、小学校から大学までエスカレーター式の私立だ。部活の陸上部では入部初日から好記録を連発し、先輩たちにも期待されている。

学校生活ものんびりしたものだ。千尋の生まれつきの髪の色を問題にして「染めてこい」という教師もいないし、クラスでの陰湿な人間関係もない。

入学式の日、写真部の部員たちに写真を盗み撮りされた時はびっくりしたが、特に悪用はされていないようだ。

弓道場の真ん中に、一人の少年が立っていた。長身の身体を白い着物と紺の袴《はかま》に包み、肩まである黒髪を前髪ごと束ね、後頭部で結んでいる。切れ長の目は漆黒。

たった今、矢を放った姿勢のまま、まだ弓を構えている。

凛《りん》とした横顔は陽に焼けており、男性的で美しい。

その視線の先には的があり、矢は的の中央に突き刺さっていた。

この少年の名は、尾崎櫂《おざきかい》。

彼が、いつも千尋をいじめっ子から護《まも》ってくれた幼なじみだ。

千尋といる時の口癖は「おまえといると、しっくりくるな」である。何がしっくりくるのか、千尋にはよくわからないのだが。

櫂も一人っ子で、父親は大手食品メーカーの社長、母親は元モデルである。

千尋と櫂は子供の頃から週の大半はお互いの家を行き来し、一緒にオヤツを食べ、風呂《ふろ》に入り、家族同然に暮らしていた。今でも、毎日のように連れ立って登下校している。

幼稚園の頃は、千尋のほうが小柄なくせに腕力があった。半分だけ流れているアングロ・サクソンの血のせいかもしれない。

負けず嫌いの小さな櫂は、むきになって挑んできた。

櫂が腕力で千尋を追いこしたのは小学校三年の頃だ。以来、ずっと腕力でも身長でも櫂に負けっぱなしで、千尋は悔しい思いをしている。

足の速さだけは、いまだに負けたことはないのだが。

「櫂君、かっこいいー！」

「皆中って、ぜんぶ的にあてたってこと？　すごーい」

ふいに横で女の子たちの声がした。

見ると、いつの間にか、セーラー服を着た女の子たちが六、七人、道場の入り口に集まっていた。一年生だけではなく、上級生もいるようだ。キラキラさせた瞳の先には、櫂の姿がある。

（うわ……。櫂の追っかけ、中等部ん時より増えてるじゃん）

櫂は、昔から女の子にモテる。幼稚園の頃から、「大きくなったら櫂君のお嫁さんになるの」という女の子が群れをなしていた。

あまり長続きはしないのだが、たいてい、つきあう相手は華やかな美少女だ。モデルや大学生と二股《ふたまた》、三股かけていたこともある。

千尋がいまだに彼女もできないのとは正反対だ。

（どうせ、オレはモテねえよ）

千尋は、ため息をついた。

女の子たちがよってこないわけではないのだが、「お肌が白くて腹立つ」「この長い睫毛、宝の持ち腐れ」「何、この細い腰」などと言われ、ベタベタ触られるので、千尋としてはまったくうれしくないのだ。

このあいだは、油断していたら口紅を塗られて「あたしより美人じゃん。ムカつく」とまで言われてしまった。その挙げ句、「胸の大きさでは、かなうまーい」などと言いながら三、四人でけたたましく笑われ、千尋は思わず涙目になってしまったものだ。

少女たちの声に気づいたのか、櫂がこちらを見た。

「こっち見た！」

「櫂くーん！」

櫂の視線は手をふる少女たちではなく、まっすぐ千尋にむけられている。

（来たのか）

瞳だけで話しかけられ、千尋も目で応《こた》える。

（練習、まだ終わんねえのか？）

櫂は「あともうちょっとだ」と言いたげな目で先輩たちのほうをちらりと見、作法どおりに弓を下ろし、大股に弓道場の壁際によった。

弓道部の部長や副部長が部員たちの肩や腕の位置を直しながら、何か指導している。

ややあって、部長が「今日はこれで終わり」と宣言し、八人の部員全員が集まって、道場の上座にある神棚に礼をして、部活動は終わった。

だが、一年生の櫂にはまだ的の紙の張り替えや、板の間の拭《ふ》き掃除などの仕事がある。

それが終わるまで、千尋は弓道場の入り口で待っていた。

やがて、学生服に着替えた櫂がスポーツバッグと学生鞄を手にやってくる。

「待ったか、千尋?」

千尋は、首を横にふった。

「いや、ぜんぜん」

櫂の唇に笑みが浮かぶ。

「じゃ、行こうか」

「ん……」

肩を並べて歩きだす二人を、追っかけの女の子たちが羨望《せんぼう》の眼差《まなざ》しで見送る。

「また一緒に帰るんだ……」

「仲いーい」

からかうような声が背後で聞こえた。

(なんだよ。一緒に帰っちゃ悪《わり》ぃか?　家、近所なんだから、いいじゃねえか)

千尋は、心のなかでため息をついた。

なぜ、毎回のように女の子たちにこんなことを言われるのか、わからない。櫂と親しくしている自分が目障《めざわ》りなのだろうか。

そのくせ、自分が櫂と一緒にいるところを邪魔されたことは一度もない。それが少し不思議だった。

「そういえば、今夜が満月だぞ。午前三時に決行だからな。寝過ごすなよ」

スポーツバッグを背負いなおし、櫂が言う。

「え？　今夜だっけ？」

千尋は、十センチほど上にある櫂の顔を見上げた。

「ああ。毎月、最初の満月で、快晴の夜ってのが条件だからな。ネットで見た話じゃ、月に雲がかかってもダメらしい」

「マジかよ。ずいぶん、条件厳しいんだな」

「霊を見るのも大変ってことだ」

櫂が笑う。

二人は、「午前三時に対戦モードでＰＣゲーム『蓬萊伝《ほうらいでん》　神獣の巫子姫《みこひめ》』をプレイしはじめると霊が出る」という都市伝説に挑戦しようとしているのだ。

『蓬萊伝　神獣の巫子姫』というのは、去年発売された女の子むけのＰＣゲームである。舞台は中華ふうの異世界で、主人公は現代の女子高校生、小杉真奈《こすぎまな》。

異世界では悪逆非道の王が圧政を敷いており、各地で反乱軍が蜂起《ほうき》しようとしている。

真奈は憧《あこが》れの先輩とともに荒れた異世界に飛ばされ、そこで反乱軍の旗印である巫子姫

として、悪逆非道の王、蓬萊王と戦うことになるのだ。

そして、戦いが進むうちに蓬萊王が実は飛ばされて記憶を失った先輩だと知り、苦悩することになる。

最終的に真奈が蓬萊王と戦い、過去の記憶を取り戻させ、一緒に現代に戻るのがゲームのベストエンディングである。

その他にも、反乱軍の美青年や美少年たちとの恋愛エンディングも用意されている。もちろん、真奈と蓬萊王の恋愛エンディングも。

ゲームの登場人物は敵、味方ともかなりの数だが、それぞれのキャラクターの背負ったものを丁寧に描いており、「泣ける」と評判だ。

このゲームを特定の条件のもとでプレイすると霊が出ると言われはじめたのは、半年ほど前——去年の秋のことだ。

その噂《うわさ》が流れてから、男性ユーザーたちも面白半分に『蓬萊伝　神獣の巫子姫』に手を出すようになり、一時はかなり品薄になっていた。

千尋は最近、中古ゲーム店で『蓬萊伝』を発見し、ゲットした。

櫂は、別れた彼女が置いていった『蓬萊伝』を持っている。パソコンのなかには、元彼女が『蓬萊伝』をクリアした時のデータも入っているのだという。

「なあ、本当に霊が出たらどうするんだ？」

千尋は、上目づかいに櫂を見た。

櫂が、くすぐったげな表情になる。

「出ると思ってるんだ？」

「えー？　だって、出ると思ってるから、やってみるんだろ？　違うのか？」

「まあな」

クスクス笑いながら、櫂が千尋の髪をくしゃっとつかむ。

「やめろよ」

千尋は櫂の手を逃れ、数メートル先まで走って止まった。

振り向くと、櫂は楽しげな目をしている。

「霊っていったって、どうせ、たいしたものは視《み》えないって。ラップ音でも聞こえたら上等なくらいだろ」

「ラップ音なんか聞こえたらやだよ」

「トイレに行けなくなるか？」

意地悪い目つきになって、櫂がニヤリとする。

幼少期のおねしょの回数とトイレに行けなくなった理由まで知られていると、こういう時は不利だ。

「バ……バカ。んなわけねえだろ！　いい加減、そのネタはやめろよ！」

幼稚園の頃、自分と櫂のまわりに青白い犬の幽霊がいる気がして、夜、一人でトイレに行けなくなったのは葬り去りたい暗い過去の一つである。

いつの間にか、犬の幽霊も視えなくなったし、夜中に失敗することもなくなったのだが。

「可愛いな、おまえ」

櫂はしばらくニヤニヤしていたが、ふっと真顔になって言った。

「とにかく、今夜は寝過ごすなよ。攻略本も買ったな?」

「買ったけど」

「ちゃんと読めよ。少しゲームやって、蓬莱王と巫子姫が出会う最初のシーンまで行かなきゃいけないらしいしな。マップとか見て、予習しておけ」

「えー? 面倒臭《くせ》えよ」

千尋は口を尖《とが》らせた。

本気で面倒だと思っているわけではなく、さっきのお返しに少しゴネてみせているだけだ。

櫂もそんな千尋の気持ちがわかったのか、「しょうがないな」というような顔をした。

「攻略本開けば、マップくらい見れるだろ。後で、序盤の大事なアイテム取り損なって泣いたりするなよ」

「そんなに長時間プレイしねぇよ。……えーと、どっちがどっちをプレイするのか決めといたほうがいいよな。蓬莱王は……」

言いかけたとたん、櫂が即答した。

「俺がやる」

「えー？　オレが女役かよ。オレも鬼畜な悪い王さま、やりてぇよ。裏モードにしたら、皆殺しエンディングとかあるんだろ」

実は、『蓬莱伝　神獣の巫子姫』の人気の秘密はこの裏モードの存在なのだ。

裏モードは、蓬莱王の視点から見た『蓬莱伝』である。蓬莱王が反乱軍を弾圧した真の理由や、国王軍側の人間模様が描かれている。こちらは、残虐《ざんぎゃく》な画像やきわどい演出もかなりある。

そして、蓬莱王を主人公にしてプレイすると登場人物を「男も女も」全員、落とすことができるのだという。

(そっちのほうが面白そうだな。男を落とすのは、どうでもいいけど)

「皆殺しエンディングやりたいのか？　意外に黒いな、おまえ」

クス……と櫂が笑った。

「違《ちげ》ーよ！　女の子キャラ、全員落とせるっていうから……！」

「はいはい。男キャラも落とせるからな。がんばってコンプリートしろよ、後で」

「えー？　いいよ。霊出るかどうかチェックしたら、また中古屋に売る」

「探求心のない奴だな」

耀は、ふふんと笑った。

「なんだよ。耀は男キャラも落としたいのか？」

「阿呆《あほう》。そんな趣味があるか。一回クリアしていないと裏モードは出てこないんだ。おまえんとこには、クリアデータがないだろ」

「そうっすか。好きにしていいっすよ、尾崎先輩」

千尋はため息をついた。

女キャラでプレイするのはうれしくはないが、そこまで蓬萊王に執着もしていない。譲ってやってもいいかと思った。

（ホントに子供みたいなんだから）

「誰が先輩だ。……じゃあ、俺が蓬萊王で、おまえが巫子姫な。楽しみだなあ」

耀は上機嫌で、スポーツバッグを担ぎなおす。

（そんなに霊、視てぇのかよ。変人め）

千尋は目を細めて、十センチ上にある耀の横顔を見上げた。

まあ、こんなに機嫌がよさそうなのだから、それでいいかという気がしてくる。

やがて、行く手に私鉄の駅が見えてきた。

第一章　真夜中の公園で

耳もとで、携帯電話が震動している。

（ん……。なんだ……もう朝……？）

小松千尋《こまつちひろ》は、無意識に枕《まくら》もとの携帯電話を手探りした。

半分、寝ぼけたまま、震動を止め、耳もとにあてる。

「はい……」

携帯電話のむこうから、尾崎櫂《おざきかい》の声がした。

「寝てたのか、千尋？」

「ん……ごめん。うとうとしてた」

千尋は大欠伸《おおあくび》をし、あたりを見まわした。杉並《すぎなみ》区高井戸《たかいど》の近くにある自宅の二階である。

枕もとの電波時計は、午前二時四十五分。

（やべえ。寝過ごすところだった）

眠る気などなかった。だが、うっかりベッドに横になったら、そのまま眠ってしまったのだ。

耀からの電話がなければ、危ないところだった。

「そうだと思って、電話してみた」

苦笑交じりの耀の声がする。

幼なじみなだけあって、千尋の行動は完全に読まれている。

「もう大丈夫だよ。起きた」

言いながら、大欠伸をすると、耀が「しょうがないな」と呟《つぶや》く声が聞こえた。

桜の頃とはいえ、まだ夜は冷える。黒いTシャツにくすんだピンクのコーデュロイのシャツ、それにジーンズという格好では肌寒かった。

千尋は身震いして、空調のスイッチを入れた。

「寝てたってことは、ゲーム、まだセットしてないんじゃないのか？」

「あ……うん。大丈夫だよ。今、電源入れる」

慌てて、千尋はベッドから下り、机の上のA４のノートパソコンの電源に手をのばした。起動画面が出る。

このパソコンは、最新型に買い換えた父親のお下がりだ。メモリが少なくて、起動までには少し時間がかかるが、まあまあ使えないことはない。

「ほかにも、霊を視《み》ようと思って、スタンバイしてる奴いるかなあ」

椅子《いす》に座り、マウスをいじりながら、千尋は呟いた。いじっていても、起動が早くなるわけではないのだが。

「いるんじゃないのか。けっこう有名な都市伝説だし。でも、二人以上で対戦モードにしたら、霊は出ないって話だからな。ほかの奴が、こっちに交ざってくる心配はないだろ」

パソコンの液晶画面にゲームのアイコンが現れる。

「なら、いいけどさ。えーと……ゲームスタートしちまっていいのか、耀？」

「千尋はせっかちだな。あと三分待て。三時になったら、せーのでスタートボタンな」

「オッケー」

二人はそれぞれの場所で電波時計を睨《にら》み、三時を待った。一分、二分と時間が過ぎていく。

「よーし。カウントダウンいくぞ。五、四、三、二、一……スタート！」

携帯電話のむこうで、耀がマウスをクリックする気配があった。

同時に、千尋もスタートボタンをクリックした。

デモ画面が始まり、舞台となる異世界の地図が現れた。

（あれ？　これ、どっかで見たような……）

千尋は眉根《まゆね》をよせ、地図を見つめた。

横に長い地図のまわりは海で、右手のほうには湾のようなものが見える。

「なあ、燿、この地図……見覚えねえ？」

「このマップは、東京の地図を使ってるんだ」

燿が答える。

むこうは、攻略本を読みこんでいるらしい。

「東京の地図……!?　どこのメーカーだよ？　すげぇ手ぬきだな」

千尋は、まじまじと地図を見た。

地図の色は薄くなり、それに重なるようにして主人公らしい美少女のイラストが現れる。長い金茶色の髪を結いあげ、中華ふうの白と青の衣装を身につけている。

どうやら、これが巫子姫《みこひめ》らしい。

「まあ、そう言うな。かなり、わかりやすいだろ、都民と関東の人間にとっては。この王都と書いてある場所は、東京なら皇居の位置だ。で、多摩《たま》地区と二十三区が五つの州に分割されている。王都とほかの都市の移動に馬で三日とか五日って書いてあったから、東京よりはかなり広い設定らしいな。あと、地理も東京とはちょっと違うようだ。見ろ。杉並区に山脈があるぞ。杉並区とか練馬《ねりま》区のあたりは、梧州《ごしゅう》って書いてある。スタート地点は梧州じゃなくて、桑州《そうしゅう》ってところらしいが」

「そうしゅう？」

「地図の下のほうだ。品川区《しながわ》とか大田区《おおた》のほう」

騒いでいるうちに、画面に映るイラストが変わった。

今度は、傲慢《ごうまん》そうな目の美青年だ。黄色い中華ふうの服を着て、豪華な剣を持っている。バックに龍《りゅう》の絵と赤い旗が見える。画面の下のほうには蓬萊王《ほうらいおう》、龍月季《げっき》の文字。

龍月季につづいて、何人ものキャラクターが登場してくる。

やがて、異世界の海や帆船、青い旗の翻《ひるがえ》る石造りの城塞《じょうさい》、白い花束を抱き、涙を流す巫子姫、一角獣のような白い獣の絵が映り、デモ画面は終了した。

キャラクターを登録する画面が出てくる。

「じゃあ、オレ、巫子姫で登録するな。……なんだか、戦闘能力低そうだな」

手早く攻略本をめくりながら、千尋は呟いた。

「しょうがないだろ、巫女《みこ》なんだから。バトルむきじゃない」

「巫女でもいいけどさ、こう……必殺技とかさ……。主人公なんだから、最強じゃねえと。まあ、いいけどさ」

千尋は、ため息をついた。

攻略本には反乱軍のリーダーの強そうな男や蓬萊王の側近の渋い二枚目も載っているのに、可愛いだけの巫子姫など、つまらない気がした。

「そのぶん、カリスマと魅力のパラメータは高いだろ。レベルあげたら、回復魔法とか補助系で、かなり使えるんじゃないのか？」

「オレはＨ Ｐ《ヒットポイント》高くて、剣ふりまわすようなキャラが好きなんだよ。がしがし殴って、レベルあげて、金貯《た》めて装備買い換えて」

しつこく愚痴を言うと、櫂が笑う気配があった。

「巫子姫はレベルがあがると、セクシーダンスをするらしいぞ」

「セクシーダンス⁉」

（どんなのだよ）

「ほわーんって効果音が入って、画面がピンクになるらしい。鬱陶《うっとう》しい雑魚《ざこ》キャラは瞬殺だって話だ。オカマのキャラには効かないらしいけどなあ」

「そんなのいるのかよ」

「いるらしいぞ。……じゃあ、俺は蓬莱王な」

携帯電話のむこうから、カチッとマウスをクリックするかすかな音が聞こえた。

千尋も巫子姫を選択し、マウスから手を離した。

画面が虹色《にじいろ》に輝きはじめる。いよいよ、ゲームが始まるらしい。

その時、窓がガタガタ鳴りはじめた。

（あれ？　風でも出てきた？）

しかし、今までサッシ窓が風で鳴った経験などない。

千尋は、首をかしげた。

黴《かび》の臭《にお》いがして、天井のほうからピシッピシッと軋《きし》むような音が聞こえた。

(なんだよ……。気持ち悪《わり》ぃな)

「今、変な音したぞ。気のせいかな。あ、また聞こえた……。気色悪ぃ」

耀の返答はない。携帯電話のむこうは、シーンと静まりかえっている。

(どうしたんだろう?)

「耀? オレの声、聞こえてるか?」

しだいに、不安な気持ちになってくる。

「聞こえてるぞ」

少し遅れて、耀の声がした。

「ああ、よかった。電波届かなくなったのかと思ったぞ。そっちは音とかしてねえ?」

「いや、音はしてないが……なんだか妙なゲームだな」

困惑したような口調で、耀が言った。

「妙って?」

怖々、パソコン画面を見ると、まるで実写のような絵が映っていた。

どう見ても、今いる自分の部屋だ。鏡に映ったように何もかもがそっくりである。

(マジ?)

背筋が寒くなってくる。

「どうしよう、燿。なんか変だよ。オレの部屋が映ってる」

「こっちもだ。俺の部屋が……」

言いかけて、燿が息を呑《の》んだ。

「燿⁉　どうした⁉」

「何か変なものが……やばい！　何か出てくる！　千尋、パソコンの電源切れ！」

燿の叫ぶ声がする。

慌てて、千尋はノートパソコンを終了させようとした。

しかし、異様な画面は消えない。電源ボタンを押してみても、やはり変化はない。

（なんだよ、これ……⁉）

「ダメだ！　切れねえ！」

「コンセントぬけ！」

「ダメだ！　うち、ノートパソコンだからバッテリーある！　コンセントぬいても映っちまう！　どうしよう⁉」

騒いでいるうちに、画面のなかで黒っぽい影のようなものが動きはじめた。

（何……これ……？）

影は人の形をしていたが、目鼻だちはわからない。だらんと垂らした腕は、床に届くほど長い。

千尋の背筋が冷たくなる。

影がノートパソコンのむこうで頭を動かし、こちらを視《み》たようだった。

(げっ……)

もう我慢できなかった。

千尋は携帯電話を握りしめたまま、後ずさった。ドアノブを後ろ手で手探りし、廊下に滑り出る。

家のなかは、不気味なくらいシンと静まりかえっていた。

あれだけ千尋が騒いでいるのに、両親が起きだしてくる気配はない。

(なんでだよ……!?)

その時、自分の部屋のドアに内側から何かがぶつかるような音がした。

ドスン！　ドスン！

まるで、誰かがドアに身体ごとぶつかり、開けようとしているようだ。

(やべえ。櫂に会わなきゃ)

あの影が狙《ねら》っているのは、自分と櫂に違いない。

千尋は携帯電話を握りしめたまま、足音を忍ばせ、玄関にむかった。

こんな時間に家をぬけだすのは、生まれて初めてだ。

「櫂、オレ、外出るから。これから会えるかな」

「ああ。こっちも外に出る……」

櫂の声も、不安げだ。

「今のなんだったんだ？　追いかけてこねえよな……」

震える指でドアの鍵《かぎ》を開け、外に出て、走りだす。

財布を持ってくればよかったと思ったが、とりに戻る勇気はなかった。

「櫂、オレ、桜宮《さくらみや》公園行くから。ブランコのあたりにいる」

桜宮公園は、二人の家の中間地点にある。どちらの家からも徒歩五、六分のところだ。千尋も櫂も子供の頃は、よく遊んだ場所だった。今でも、二人で学校帰りにベンチに座ってアイスを齧《かじ》ったりしている。

「わかった……」

携帯電話の音声はひどくノイズが入って、聞きとりにくかった。

(大丈夫かな。なんで、こんなに音が割れてるんだろう)

「櫂、聞こえるか？」

しかし、もう櫂の返事はない。

桜宮公園で会おうというのは伝えたので、最悪でもあそこで待っていれば会えるはずだ。

（オレ、バカなことしてるんじゃねえのかな。夜中に、なんか勘違いして家飛びだして、大騒ぎして……）

家を出てきた今は、パソコン画面に映った自分の部屋も怪しい影も何もかも気のせいだったような気がする。

いや、いっそ、気のせいや勘違いならいいと思う。

（とにかく、櫂と会って話そう。そして、部屋に戻ってみて……）

もし、まだ部屋にあれがいたらと思うと怖くなる。

千尋は携帯電話を握りしめ、夜の住宅街を走りつづけた。

近くには環八《かんぱち》も通っており、駅前は賑やかだが、一歩、表通りを外れれば、あたりは驚くほど静かで緑が多い。

やがて、行く手に見慣れた桜宮公園が見えてくる。

広い敷地のなかにはテニスコートが四面あり、犬が散歩したり、子供が走りまわる草地広場、日本庭園、水棲《すいせい》生物の池、防災倉庫などが作られている。ブランコのある遊技広場は入り口を入って、すぐ右手にあった。

入り口の側《そば》の桜は、そろそろ散りかけていた。あたりに人影はなく、シンと静まりかえっている。

（櫂はまだかな……）

何気なく右手の遊技広場を見た時、千尋はドキリとした。

ブランコと滑り台のむこう、タイヤを使った遊具のあたりで、何かが動いたような気がする。

まさか、あの影だろうか。

背筋が冷たくなる。

（こんなところまで……！）

だが、目を懲《こ》らし、よくよく見ると、そこにいたのは子牛ほどの大きさの生き物だった。もこもこした白い毛に覆われた背中はかなり肉付きがいい。丸い耳と四本の脚は真っ黒だ。

（太ってるな。なんだ、あれ？）

コロコロした身体でゆっくりと歩き、前脚でタイヤにもたれかかる動作は、たまらなく可愛い。小さな尻尾《しっぽ》は白かった。

（なんだよ、あれ？）

そう思った時、謎《なぞ》の動物がこちらを振り返った。

両目のまわりに、黒い斑《ぶち》がついている。

「パ……パンダ⁉」

いや、パンダがこんなところにいるはずがない。

（オレの目の錯覚か？）

そう思っているあいだにも、謎の動物は地面にコロンコロンと転がっている。

どう見てもパンダだ。

「なんだよ……これ……」

呆然《ぼうぜん》としていると、愛くるしい白黒の生き物は顔をあげ、ふいに後脚で立ちあがった。

立ちあがったところを見ると、千尋より頭一つぶん背が高い。

（でかっ！）

まー！

ふいに、パンダが奇妙な鳴き声をあげた。

（まー？　なんだよ、こいつ⁉）

パンダは後脚で立ったまま、よたよたとこちらに近づいてくる。しだいに足が速くなってきた。

これは、どう考えてもパンダの動きではない。

「うわ！　ちょっと！　こっち来んな！」

千尋は焦《あせ》って逃げだした。

後ろから、怪しいパンダが直立歩行して追いかけてくる。

まー！

「来るな！　来るな！　来るなーっ！」

舞い散る桜の下を駆けぬけながら、千尋はチラリと後ろを振り返った。

まー！

怪しいパンダが鳴く。

（やべえ）

何かがおかしい。これも、部屋に出た怪しい影と関係があるのかもしれない。

（櫂と合流しなきゃ。……どこにいるんだ、あいつ）

その時、後ろで缶が転がるような金属的な音とキュウッという鳴き声のような声がした。

肩ごしに振り返ると、パンダが地面にひっくりかえっていた。

その足もとに、つぶれた空き缶らしいものが見える。

（転んだのかよ）

千尋は片手で櫂の番号を呼び出し、携帯電話を耳もとにあてた。

しかし、短いコール音の後に聞こえてきたのは「おかけになった電話は現在、電波の届かないところにおられるか、電源が入っていないため、かかりません……」という無機的な声だった。

（どうしよう。公園から出たら、行き違いになりそうだし……）

このまま、ただ逃げるしかないのか。

絶望的な気分で、そう思った時、行く手にぼーっと淡く光る人影が現れた。

（え……!?）

思わず、千尋は足を止めた。

幽霊だろうか。それとも、妖怪《ようかい》の類《たぐい》か。

（霊視えすぎ！　こんなのいらねえ！）

よく見ると、人影は腰まで届く長い銀色の髪と青みがかった灰色の瞳《ひとみ》の青年だった。

身につけているのは、足もとまで届く白い中国ふうの衣に紫の帯。コスプレ衣装というよりは、民族衣装のようなしっかりした作りだ。

（なんだ、あいつ……。外人？）

ギョッとして、千尋は足を止めた。

青年は、千尋を見、ハッとしたような顔になった。足早に、こちらに近づいてくる。

月明かりに照らされた顔は、女性的で美しかった。普通の服装をして、繁華街を歩けば、十人が十人振り返るルックスだ。

しかし、今の千尋の目には「強烈に怪しい外国人」にしか見えない。

（こっちくる……！　やべえ。こんな夜中に一人であんな格好って……怖《こえ》え）

なんとか逃げようとあたりを見まわしたが、前からは怪しい外国人、後ろからは怪しいパンダが追ってくる。

千尋は、とっさに桜の木のあいだをつっきって逃げようとした。

だが、目の前に視えない壁ができたようになって、前に進めない。

(なんだよ、これっ⁉)

パニック状態で、千尋は必死に両手をふりまわした。何か透明なものに手がぶつかって、弾《はじ》かれる。

(壁がある……？　どうしよう。オレ、宇宙人に連れてかれちまうのか⁉)

銀髪の青年が千尋を見、切迫した口調で何か言った。訴えたいことがあるらしいが、聞いたことのない言葉なので意味がわからない。

「来るな！　オレ、外国語ダメ！　ジャパニーズ・オンリー！」

本当は、父親と話しているので英語も少しはわかる。しかし、もっぱら聞く専門で、話す時は日本語だ。父親も日本語は堪能《たんのう》なので、特に不自由はない。

青年が少し首をかしげた。

——私の言葉がわからないようですね。

ふいに、頭のなかに直接、声がした。

(え……？　今の……なんだ？)

その瞬間、背後から黒い動物の前脚がのびてきて、千尋の胴をぎゅっと抱えこんだ。

「うわああああああーっ！」

（殺される！）

悲鳴をあげ、千尋は必死に暴れだした。

しかし、パンダの腕はびくともしない。背中にふわふわの毛があたる感触があった。

肩の横から、白黒の顔がぬっと出てくる。

まー！

「ぎゃあああああああーっ！」

――大丈夫です。その大熊猫《おおくまねこ》は、我らの味方です。あなたに危害は加えません。

またしても、頭の中に意味不明の言葉が響いたが、今の千尋はそれどころではなかった。

（助けて！　誰か！　櫂！）

青年は千尋の前で足を止め、衣の胸もとから何か小さな玉のようなものをとりだした。

ピンポン玉ほどの大きさで、ぼんやりと白く光っている。

――失礼。

パンダに羽交い締めにされたまま、動けない千尋にむかって玉をつかんだ手がのびてくる。

（やだ……！　何する気だ……!?）

本能的に顔をそむけると、鼻をつままれた。息ができない。

思わず口を開けると、玉がすうっと入ってきた。

（…………！）

とうてい呑める大きさではなかったはずだ。

それなのに、何か空気の固まりのようなものが喉《のど》の奥を滑り降りていく感覚がわかる。

（何呑ませたんだ、今⁉）

腹のあたりが熱くなった。

「やめろ！　何するんだ⁉」

「これで大丈夫です。我らの言葉が通じるようにいたしました」

流暢《りゅうちょう》な日本語が、青年の唇から漏れる。

「え？　ええっ？」

（通じるようにって……？　なんなんだよ、今のは……？）

呆然としていると、青年は千尋の前に跪《ひざまず》いた。銀色の髪がさらりと流れて、端正な顔を隠す。

降り注ぐ月の光と、舞い散る桜の花びら。

（へっ？）

「姫……お迎えにまいりました」

「ひ……姫⁉　……オレは女じゃねえ！　男だ！」

（どこをどう見たら、女に見えるんだよ⁉）

千尋の言葉に、青年はわずかに顔をあげ、眉根をよせた。

「しかし、桃花巫姫《とうかふき》の霊気はあなたのなかから……」

その時だった。

ふいに、燿の声がした。

「千尋！」

（燿⁉）

声のほうを見ると、散りかけた桜の木の下に燿が立っていた。ジーンズに黒いレザーのジャケットとプリントの入った白い綿シャツという格好だ。

燿はパンダに羽交い締めにされ、銀髪の美青年に跪かれた千尋を見、呆然としている。

（た……助けて……）

「燿……」

言いかけた時、生暖かい妙な風が吹いた。

燿がハッとしたように、左手のほうを見る。

同時に、青年も燿と同じ方向に視線を走らせ、ゆっくりと立ちあがった。

銀色の髪が風を受け、ふわっと舞いあがる。

「いけませんね。来ました」

何が来たのかと尋ねる余裕はなかった。

木立のあいだを縫うようにして、蠢《うごめ》く黒い煙のようなものが近づいてくる。

千尋の背筋が、ざわっとなった。

影が近づいてくるにつれて、公園を包む空気が湿気を帯び、肌にねばりつくように重くなる。

(この気配……！)

部屋で感じた嫌な気配とよく似ている。

まさか、耀と自分とで呼びだしてしまったものだろうか。

影が近づくにつれて、桜の花が茶色っぽく変色し、力なく散りはじめる。

あれは桜を枯らし、自分と耀にも危害を加えようとしているのだと、なぜだかわかった。

「耀、逃げろ！」

とっさに、千尋は叫んでいた。

耀はその場に立ったまま、動かなかった。

(なんで逃げねえんだよ⁉　せめて、おまえだけでも……)

「逃げろ、バカ！」

耀が頭《かぶり》をふる。

パンダが千尋から離れ、警戒するように影のほうを見た。

その時、青年がすっと前にでた。

影が青年のほうに吸いよせられるように近づいてくる。

青年が胸の前で両手を組みあわせ、次々に印《いん》のようなものを結びはじめた。

「夫《そ》れ神《しん》は万物に妙《たえ》にして変化に通ずるものなり。天道を立て、是《これ》を陰陽《おんみょう》と謂《い》い、地道を立て、是を柔剛《じゅうごう》と謂い、人道を立て、是を仁義と謂う！　三才兼ねて之《これ》を両《ふた》つにす。故に六画卦《りくかくか》を成す。天地位《くらい》を定む。山沢気《さんたくき》を通じ、雷風相薄《らいふうあいせま》り、水火相撃《すいかあいう》つ！」

呪文《じゅもん》に押されるようにして、影が動きを止めた。

（なんだよ、これ……）

まるで映画のなかの光景のようで、現実感がない。

青年は別人のように鋭い視線を影に据え、よく響く声で唱えた。

「三山神三魂《さんさんじんさんこん》を守り通して、山精参軍狗賓《さんせいさんぐんぐひん》去《さ》るべし！」

青年が影にむかって、右手を一閃《いっせん》させた。

ビシュッ！

影の中央のあたりに輝く線が走った。

苦しげにもがく影のまわりに、無数の光の点が乱舞しはじめる。

（ええっ⁉）

千尋と櫂が呆然と見守るうちに、影は嫌な臭いの煙をあげながら、どんどん縮み、小さくなり、見えなくなっていった。それにつれて、光の点も消えていく。

（すげえ……。特撮かよ……）

千尋は、青年の横顔をまじまじと見た。

まだ、目の前で起きたことが信じられない。

（どっきりカメラとかじゃねえのか、これ？）

しかし、それらしい機材が見えないのに、こんな映像を映せるものだろうか。そもそも、スクリーンすらないのに。

「おまえたちは、何者だ⁉　千尋を放せ！」

我にかえったのか、櫂がこちらに近づいてこようとする。

その時、青年がわずかに眉根をよせた。

パンダが警告するように小さく鳴いた。

再び、木々のむこうに暗い影が集結しはじめた。

千尋の腕に鳥肌が立った。皮膚が嫌な感じにピリピリする。

茶色く萎《しな》びた桜の花びらが、足もとに吹きよせられてきた。

影たちが膨れあがり、こちらにむかって黒い煙のような触手をのばしてくる。

（げ……）

「きりがありません。行きましょう」

青年が言った時だった。

いきなり、パンダが千尋のコーデュロイシャツの襟首をくわえ、ぶんと振った。

「ぎゃあああああーっ！」

身体が鉄棒でまわったようにぐるっと回転した。

どさっと着地したところに、白黒の毛がある。犬のような手触りで、思ったよりやわらかい。

「うわっ！　うわあああああーっ！」

パンダの背中に乗せられたのだと気づいた時には、獣は四本の脚で走りだしていた。

青年も身を翻して走りだす。

「待て！」

櫂が追いかけてくるのがわかった。

千尋は、パンダの背中から櫂を振り返った。

パンダはころころした身体でゆっくり走っているようにしか思えないのに、見る見るうちに櫂の姿が遠くなっていく。

櫂は顔を歪《ゆが》め、懸命に走っているが、どうしても追いつくことができない。

「千尋ーっ！」

夜のむこうから、呼びかけてくる声。

「櫂ーっ！」

千尋は身を乗り出し、パンダの背から飛び降りようとした。

しかし、怖くて踏ん切りがつかない。

（頼む！　警察に連絡……！）

櫂にむかって、そう叫ぼうとした時だった。

パンダの身体が、がくんと揺れた。

（危ねえ！）

とっさにパンダの首につかまった千尋の目に、神田川《かんだがわ》と川にかかる橋が映った。

橋の両側には、街灯に照らされて夜桜が白く咲いていた。

いつの間にか、公園をぬけ、高井戸の駅のあたりまで来てしまったようだ。

橋のすぐ側を走る京王井《けいおうい》の頭《かしら》線の線路は今は終電も行ってしまった後で、シンと静まりかえっている。

青年がコンクリートの橋の欄干に立って、静かに神田川を見下ろしている。

冴《さ》え冴《ざ》えとした満月の光が、その姿を照らしだしている。

（うわ……！　危ねえぞ。もしかして、ラリってんのか、あいつ？）

そう思った時、青年が中国ふうの衣の胸もとから白い短冊《たんざく》のようなものをとりだし、川にむかって投げ捨てるのが見えた。

（え？　なんだ……？）

パーッと神田川の水面が発光する。

青年の銀色の髪がふわっと宙に舞いあがる。

ざっと風が吹き過ぎ、桜の花びらがいっせいに散る。

「う……そ……！」

千尋は光の中心に、巨大な五弁の白い花が開くのを視た。

花の真ん中にいくほど光は強くなっている。

「まいりましょう」

青年が千尋を振り返って、微笑《ほほえ》む。

「まいるってどこへだ⁉　行かねえからな、オレは！」

叫んだ時、パンダが千尋を乗せたまま、橋にむかってスピードをあげた。

青年が、欄干から神田川のなかに咲いた不思議な花にむかって飛び降りていく。

(飛んだ……！)

つづいて、パンダがジャンプする。

まー！

「ぎゃああああああああーっ！」

ふわりと身体が宙に浮き、パンダごと橋の欄干を越えたのがわかった。

(落ちる！　死ぬ！)

悲鳴をあげながら、千尋は夜の神田川に落ちていった。

遠くのほうから、櫂の「千尋ーっ！」という悲鳴のような叫びが聞こえた。

（櫂……）

そう思ったのを最後に、千尋の意識はプツンと途切れた。

＊　＊

左手がじりじりと熱い。

どこかから、聞き慣れないガラガラいう音と人の話し声のようなものが聞こえてくる。

（う……ん……）

千尋は、ゆっくりと意識をとりもどした。

目を開いた時、一番先に見えたのは赤と金に塗られた軒《のき》とその上に広がる鮮やかな青空だった。

熱いのは、左手だけが軒の影から日向《ひなた》に出ているせいだ。

（なんだろう……ここ……。知らない場所……）

なぜ、自分がこんなところにいるのかわからない。

気を失ったのは、夜の神田川だった。季節はまだ春。

それなのに、陽射しの強さはどう考えても夏のものだ。

千尋はのろのろと身を起こし、日陰をくれる軒の影に入り、不思議な赤い建物の壁にもたれて座った。

数メートル離れたところで、千尋の様子をながめていた五、六人の人々がざわっとざわめく。みな、分厚い生地の民族衣装のようなものを身につけている。中国ふうだが、どこの地方のものかはわからない。

建物や町の感じも、外国のような気がした。

(でも……なんで、オレが外国に?)

千尋は顔をこすった。指先にざらりとした感触があって、乾いた土のようなものがつく。よく見ると、ジーンズもコーデュロイのシャツも埃《ほこり》だらけになっていた。

どのくらいの時間、ここに倒れていたのかわからない。

陽が照っているということは、あの後、翌日のお昼近くまで意識を失っていたということだろうか。

(わかんねえ……。夢?　これ、夢かな……)

唇がガサガサに乾いている。空腹感はなかったが、喉は渇く。

千尋は膝《ひざ》を抱え、あたりを見まわした。

道路《みち》は四車線ほどの広さがあったが、舗装されていなくて、驢馬《ろば》のような生き物や荷車が通るたびに土埃が舞う。

ガラガラいっているのは、荷馬車の車輪の音だった。

どうやら、これがメインストリートのようだ。

道の両側には、赤と金に塗られた二階建ての建物が並んでいる。

一見すると、どれも華やかな建物に見えたが、よくよく見ると塗りは剝《は》げ、軒下に下がった赤や黄色の花燈《かとう》も破れかかっている。

(夢だ。絶対、夢に決まっている)

千尋は膝に頭をのせ、ギュッと目を閉じた。

目を開ければ、自分の家のベッドに戻らないだろうか。

しかし、しばらくして恐る恐る目を開けてみると、そこはやはり同じ異郷の町だった。

乾いた風が吹きぬけていく。

身体が動かない。立ちあがることさえ、億劫《おっくう》だった。

千尋は乾いた唇を舐《な》めた。

(喉渇いたな……。ポカリとか飲みてえ)

日陰にいても、熱風が顔に吹きつけてくる。

このままでは、熱中症で倒れてしまいそうだ。

まわりで見ている人たちが何か言っているが、その言葉は千尋の耳には届かない。

（やべえ。オレ、マジ気持ち悪い）

立ちあがろうとして、千尋はよろめき、その場にぺたんと座りこんでしまった。

たったこれだけの動作でも、心臓がドキドキして苦しくなる。

（どうしよう……）

そのまま、三十分ほど座りこんでいたろうか。

ふいに、誰かが目の前に立つのがわかった。

（え……？　誰かいる……）

「お兄ちゃん……」

覚束《おぼつか》なげな子供の声がして、目の前に水の入った竹筒が差し出された。

見上げると、三、四歳の子供が立っていた。

頰《ほ》っぺが真っ赤で、真っ黒な髪を頭のてっぺんでくるくるとまとめ、何本もの象牙色《ぞうげいろ》の釵《かんざし》を挿《さ》している。

千尋は迷わず竹筒を受け取り、一気に飲み干した。

まだ足りない。それでも、ようやく一息つく。

（あ……お礼忘れてた）

驚いたような目をしている子供にむかって、千尋は頭を下げる。

「ありがとう」

顔をあげると、子供はニコッと笑った。

どうやら、女の子のようだ。

身につけているのは、袖口《そでぐち》と裾《すそ》、衿《えり》もとなどに細かい刺し子がほどこされた橙色《だいだいいろ》の丈の長い上着と、同じ素材のズボンだ。腰に細い布の帯を巻きつけている。

どれも丁寧に手作りされた品だとわかるが、服の袖口はすりきれ、ズボンの膝には破れた跡があり、あて布がしてあった。

その時、右手のほうから、細い女の声が呼びかけてきた。

「吾子《あこ》や」

女の声に、子供が振り返る。

子供を呼んだのは、千尋がよりかかっていた建物の玄関から出てきた女だった。歳《とし》は二十代になるかならないか。子供とよく似た感じの紺色の服を着ている。

たぶん、この子の母親なのだろう。

女の足もとには、もう一人、小さな男の子が不安げに立っていた。

おいでというように母親に手招きされて、子供は千尋の手から竹筒をとり、少し笑って、パタパタと走っていってしまった。

母親は子供を抱きあげ、不安げな視線を千尋にむけてくる。

その眼差《まなざ》しを見ただけで、千尋にはなぜだかわかった。

(ああ……ここにいると、オレ、迷惑なんだ……)

怒りの念は湧《わ》かなかった。ただ、すまないと思った。そして、少し哀《かな》しかった。誰だって、自分の家の軒下で得体の知れない外国人に行き倒れになられたら困るだろう。

水を恵んでくれたことだけでも、ありがたいと思わなければならなかった。

「すいません。水、ありがとうございました。オレ、行きますから……」

言葉が届くのかどうかはわからなかったが、お礼を言って、ペコリと頭を下げる。

女は相変わらず警戒するような様子だが、子供は不思議そうな目になって千尋をじっと見、母親の顔を見上げていた。

千尋は重たい身体を引きずるようにして、歩きだした。

陽射しが眩《まぶ》しくて、土埃が鬱陶《うっとう》しい。

振り返ると、まだ母親と子供がこちらを見送っていた。

(ここ、どこなんだよ……?)

さっき千尋が軒を借りていたのは普通の建物ではなくて、飲食店か何かだったらしい。

母親の横には木の蓋《ふた》をした大きな白い瓶《かめ》が置かれ、値札のような木の板が添えられている。扉の上には看板らしき額がかけてあり、筆文字のような書体で見たことのない金色の文字が書かれていた。

建物の裏手のほうから、しきりと煙があがっている。そこで何かを焼いているのかもしれない。

（そっか……食い物屋か。そういえば、腹減ったな……）

道の左右にあるのは、ほとんど何かの商店らしかった。開いて営業しているのは、五、六軒ほど。

干し果物《ほしくだもの》らしきものを並べてある店の前には、七、八人の子供たちが群がっていた。

店番の老人が、子供たちに何か話しかけている。子供たちの大半は裸足《はだし》で、粗末な布をまとい、膝や肘が真っ黒になっていた。

それにくらべると、さっきの女の子は先の尖《とが》った布の靴もはいていたし、くたびれてはいたが、きちんとした格好をしていた。

人の服装も町の様子も、映画のセットやテーマパークにしては生活感がありすぎる。だとしたら、外国のどこかなのか。

（なんだろう、ここ……。みんな、けっこう貧しいのか？）

千尋は、自分の服を見下ろした。

コーデュロイのシャツもジーンズも埃だらけになっているが、どれも新品に近いものだ。

複雑な想いで、千尋は顔をこすった。どこかで水を手に入れて、顔を洗いたい。いや、その前に何か飲みたい。

(オレ、どうして、こんなところにきちまったんだろう。あのゲーム、どうなったんだろう。もしかして、霊を呼び出したせいで、こんなことになっちまったのか?)

しだいに、意識を失う前のことが思い出されてくる。

あの怪しい青年とパンダのことも。

(オレ、神田川に落ちたんだよな。……ってことは、ここ、神田川の底にある異世界だったりして。いや、実は龍宮《りゅうぐう》だったりとか。……んなわけねえか)

夢ならば、早く覚めればいいと思った。

だが、もし、夢でないとしたら――。

どうにかして、帰る方法を探さなければならない。

そこまで考えた時だった。

ふいに、まわりが不安げにざわざわしはじめたかと思うと、道のむこうから人を乗せた馬が二頭疾走してきた。

馬に乗っているのはどちらも若い男で、そろいの金属の鎧《よろい》を身につけ、左手に細長い三角形の旗を掲げている。旗の地は赤く、金色の糸で猛禽《もうきん》の文様が刺繡《ししゅう》されていた。どう見ても兵士だ。

千尋のまわりを歩いていた人々が慌てて馬に道を譲り、道の左右に並んで膝をつきはじめる。

（え？　何？　なんだよ？）

ぼやぼやしているうちに千尋は、人々の列の一番前に押し出された。

「ほれ、あんた。跪きなさい」

隣に膝をついていた中年の女性が、千尋のシャツの裾を引っ張る。

慌てて、千尋もまわりの人々と同じようにした。

騎馬の兵士たちの後から、百騎ほどの一団が近づいてくるのが見えた。赤い大きな旗を掲げている者もいる。

旗が風に翻った拍子に、金糸で龍のような幻獣が刺繍されているのが見えた。

（うわ……）

「神獣さまの祠堂《しどう》を壊した帰りだよ……」

「怖ろしい……」

押し殺したささやきが聞こえた。

（神獣？　しどうって……？）

あの兵士の一団が何者かはわからないが、ここの人々に歓迎されていないのだけはわかる。

やがて、兵士たちの先頭に指揮官らしい葦毛《あしげ》の馬に乗った武将の姿が見えてきた。白銀に輝く鎧を着て、緋色《ひいろ》のマントを羽織っている。

兜《かぶと》が顔の半ばまでを覆っているので、どんな顔をしているのか、はっきりわからなかった。だが、常人離れした威圧感を漂わせている。

その武将が現れたとたん、人々がシンと静まりかえった。怯《おび》えたような空気が漂う。

「誰なんですか、あの人？」

千尋は、さっき声をかけてくれた中年女性にむかって、小声でささやく。

中年女性は青ざめた顔で、千尋を見た。

「知らないのかい？　蓬莱王だ」

押し殺した声。

「え……!?」

（蓬莱王!?　……って、『蓬莱伝』と同じじゃん！）

何かの聞き間違いだろうか。

女は千尋がこれ以上話しかけようとするのを迷惑がるような素振りで、地面に両手をつき、深く頭を下げた。

他の人々も同じような姿勢をとっている。

千尋も頭を下げようとした時だった。

ふいに、叫び声があがり、蓬莱王の馬の前に泥に汚れた鞠《まり》が転がってきた。

鞠を追いかけるようにして、小さな女の子が列から飛びだす。

（あ……！　あの子……！）

さっき、水をくれた女の子ではないだろうか。

蓬萊王は馬を止めた。

その背後で、兵士の一人が馬を下りた。つかつかと女の子に歩みよってきて、剣を振り上げる。

（やべえ！）

人々が息を呑む気配がした。

少し離れたところでは、女の子の母親が真っ青な顔になって立ちあがろうとして、周囲の人々に取り押さえられている。

女の子は、怯えたように小さな両手で頭を抱えた。

剣が陽を弾いて、ギラリと光った。

「やめろ！」

とっさに、千尋は駆けだしていた。

女の子を両腕で抱えこみ、後ろに下がらせる。

兵士が意味のわからない怒声を放ち、今度は千尋に切りかかってこようとした。

（やられる……！）

その時、どこからともなく石が飛んできて、兵士の肩にあたった。

「誰だ、今やったのは⁉」

兵士が怒鳴り、人々を睨みつけた。

蓬莱王は兜の下から、じっと千尋を見下ろしている。

（やばい……。オレ……なんてことしちまったんだ……）

もし、これが「悪逆非道な蓬莱王」ならば、自分も女の子も助からない。

人々が息をつめて、この場の様子を見守っている。

千尋は女の子を抱えたまま、じりじりと後ろに下がった。喉の渇きも、今は感じなかった。

人々の輪のなかから誰かが出てきて、女の子を引きとってくれた。

蓬莱王が千尋を見据えたまま、ゆっくりと馬から下りた。

革の乗馬靴が地面を踏む音がする。

（来る！　やべえ！）

とっさに、千尋は身を翻し、人混みのなかに駆けこんだ。

人々は関わりあいになるのを怖れるように左右に分かれ、千尋を通してくれた。

背後で、「追え」という声が聞こえた。

（逃げなきゃ）

闇雲《やみくも》に、千尋は町の路地裏に飛びこんだ。

＊　　＊

路地裏には野菜の皮らしいものが散乱し、その一部は腐りかけていた。

(なんだよ、ここは……⁉)

鼻を押さえながら、千尋は狭くて不潔な道を通りぬけた。

人口はどのくらいなのかわからないが、少なくとも昔は大きな町だったらしい。

空き家になったまま、放置された家がかなりある。

町は、ほんの一部しか生きて機能していないようだった。

(どうやったら、家に帰れるんだ？　……っていうか、ホントに、ここ、どこなんだよ？　蓬莱王って奴はいるし、お中華ふうの服着た人がぞろぞろ歩いてるし……。オレ、霊が視たかっただけなのに……！)

少し離れたところから、叫び声があがった。

「見つけた！」

「こっちだ！　進路をふさげ！」

(しまった)

慌てて、千尋は右手の小路《こうじ》に飛びこんだ。

しばらく走ると、道は高い石の壁で行き止まりになった。

左右は、崩れかけたような二階建ての赤い建物だ。

(どうしよう。戻るか)

しかし、バラバラと走る音が近づいてくる。戻れば、鉢合わせしてしまう。

千尋は必死にあたりを見まわした。

だが、逃げ出す道はない。武器になりそうなものもない。

あの兵士たちに捕まったら、きっとただではすまないだろう。

背筋に冷たいものが走る感覚があった。

(オレ、殺されちまうのか……？　そんなのやだ。櫂……)

せめて、もう一度、櫂に会いたかった。

しだいに、兵士たちの足音が大きくなってくる。もうじき、道の角を曲がって姿を現すだろう。

その時だった。

「こっちに来い」

押し殺した声が聞こえた。

(え？)

声のほうを見ると、さっきまで何もなかった赤い家の壁がドアの形に開き、褐色《かっしょく》の髪の青年が緊迫した表情で手招きしている。

青年の陽に焼けた顔は男性的で、切れ長の蒼《あお》い目には知性の光が宿っていた。身につけているのは、町の人々と同じ中国ふうの紺の民族衣装だ。腰に剣を吊《つ》るし、額に青い鉢巻きのようなものを巻いている。

(誰、この外人？　助けてくれるのか？)

とっさに、千尋は青年のほうに駆けだした。

不思議なドアをくぐり、なかに入ると、青年が素早くドアを閉めた。

狭い家のなかは薄暗く、シンと静まりかえっていた。置かれている家具はやはり赤系が多かったが、色褪《いろあ》せて橙色になってしまっている。

斜め格子の入った丸窓から、陽が射しこんでくる。窓ガラスは入っていない。

「こっちだ」

青年が低く言い、先に立って歩きはじめる。

(日本語……話せるのか？)

そういえば、さっき「こっちに来い」と言ったのも日本語だった。

いや、もしかしたら、銀髪の青年の言葉がいきなりわかるようになった時と同じように、何か不思議な力で翻訳されているだけかもしれないが。

青年は、千尋を別の隠し扉のむこうにある階段に連れていった。

階段は下にむかってつづいている。

大丈夫なのだろうかと思いはしたが、ほかに行くあてもない。

＊　＊

地下の扉を開くとそこには広い部屋があり、四つの赤い円卓のまわりで五頭のパンダと七、八人の人間が入り乱れていた。

（パ……パンダ……!?）

千尋は息を呑み、足を止めた。

いっせいにパンダたちがこちらを見る。

人間たちも青年の後ろの千尋を見、不思議そうな顔をした。全員が男で、歳は二十代から三十代というところだろうか。

男たちの大半は黒髪だが、なかには千尋を連れてきてくれた青年と同じ人種に属するらしい金髪碧眼《きんぱつへきがん》の青年や赤毛の少年もいた。青い鉢巻きをした者も数人いる。

なかには、目のまわりをパンダのように黒く塗っている者もいた。

（何、ここ？　こいつら、誰？）

千尋を連れてきた青年が「外で禁軍《きんぐん》に追われていた」と言うと、みな、「ああ……」という顔になって、自分たちの会話に戻っていった。

千尋は呆然として、部屋のなかを見まわした。

一番奥の壁には青い大きな旗がかかり、壁にそって赤い椅子がいくつか置かれている。椅子の上には、一頭のパンダがはみだしながら乗っていた。

（パンダ屋敷？）

ここにいるパンダたちは、桜宮公園にいたパンダよりは小型だ。子パンダと呼ぶには育ちすぎているから、中パンダと呼ぶべきか。

「危ないところだったな。まあ、座れ」

褐色の髪の青年は笑顔で、千尋を一番手前の卓に誘導していった。

パンダたちが興味津々といった様子で、こちらを見ている。

千尋は恐る恐る、椅子に腰を下ろした。

青年も千尋のむかい側に座った。卓に肘《ひじ》をつき、ふっと笑う。

「あいつらに追われて、よく逃げられたな。いい足をしている。だが、次からは気をつけろよ。命がいくらあっても足りねぇぞ」

「あの……ここ、どこですか？」

「ここか？　ここは『大熊猫遊伎團《おおくまねこゆうぎだん》』の支部だ。大丈夫。俺たちは、怪しい者じゃねえ」

青年がニッコリ笑って言う。

（怪しいじゃん）

「大熊猫ゆうぎ団？　大熊猫って……こいつらのことか？」

一頭のパンダが千尋の言葉を肯定するように、まーと鳴いた。

（うわあ……）

千尋はパンダから視線をそらし、青年の顔を見た。

「あの……助けてくれて、ありがとうございます」

「いや、礼なんていいってことよ。さっき、女の子をかばってくれたからな。こちらこそ礼を言わねえと」

「え……？　見てたのか？」

「石を投げたのは、俺だ」

青年は、悪戯《いたずら》っぽく片目を瞑《つむ》ってみせる。どうやら、悪人ではないようだ。

「そうだったんだ……。おかげで、助かった……です」

走ってきたので、喉がまたカラカラになっていた。

（水欲しいな……。くれって言っていいのかな……）

そう思っていると、横から素焼きの碗《わん》が卓にカタンと置かれた。

見上げると、華やかな金髪の美青年がこちらを見下ろし、微笑んでいた。

癖のある髪を一つにまとめ、髷《まげ》のように結っていた。瞳の色は翡翠色《ひすいいろ》だ。

ほっそりとした身体を包むのは、緑の地に紫や青で刺繍の入った民族衣装。手のこんだ造りで、着こなしも垢抜《あかぬ》けている。たぶん、かなりの洒落者《しゃれもの》だ。

「はい。こっちは姜《きょう》尚《しょう》兄さんに。水しかなくて悪いね」

美青年は、千尋を連れてきた青年の前にも素焼きの碗を置いた。

「気が利《き》くな、睡江《すいこう》。茶の葉はきらしてるのか？」

「笹茶《ささちゃ》にしようと思ってたんだけどね、大熊猫たちに食べられちゃったんだ」

どうやら、この二人は兄弟らしい。

千尋は、素焼きの碗を見下ろした。碗のなかには透明な液体が揺れている。

(飲んで大丈夫なんだろうか)

そう思いながらも、渇きには勝てない。

千尋は少しためらい、碗を口もとに運んだ。味見だけと思ったのに、気がついた時にはすべて飲み干していた。

ミネラルウォーターのような味がする、おいしい水だった。

「もう一杯いるかい？」

睡江と呼ばれた青年が優しく尋ねてくれるので、お礼を言って碗を手渡した。

「ええと、ここ……どこなんだ？　その……大熊猫ゆうぎ団の支部だってのはわかったけど……なんて土地なんだ？」

　千尋の問いに、姜尚は少し不思議そうな顔になった。

「知らねぇのか？　ここは桑州の燎夏県《りょうかけん》だ。県城《けんじょう》の燎夏から馬で一日のところにある田舎町、平按《へいあん》」

「そうしゅう……？　へいあん……？」

（どこだよ、それ……？）

　呆然としていると、姜尚がほかの卓から黒い石の板をとってきて、指先を碗のなかの液体で濡《ぬ》らし、石の表面に字を書きはじめた。

　桑州、燎夏、平按。

　千尋の知っている漢字とは少し違う気がしたが、見ているうちにだんだん違和感がなくなってくる。

「おまえは、ずいぶん遠いところから来たらしいな。見たことのねぇ格好をしている。名はなんという？　……いや、先に俺が名乗ろう」

　コロコロとしたパンダが、千尋たちの足もとに近づいてくる。

　姜尚はなかの一頭を膝に抱えあげ、微笑んだ。

「俺の姓は李《り》、名は姜尚。そっちにいるのが弟の睡江。梧州の出身だ」

　石板に「李姜尚」「睡江」「梧州」と書かれる。

（中国……なのかな。よくわかんねえや）

千尋は戸惑い、ただ石板を見つめていた。

まだ、自分の置かれた状況が呑みこめない。

「俺と睡江は十年前に父親が亡くなったんで、他人のところに預けられて育った。よその家のメシは肩身が狭くてな……。巫子《ふし》になれとも言われたが、性にあわねえ。それで、兄弟そろって柏州《はくしゅう》の大学に進んだわけだ。今の身分は、学生ってことになるな」

言いながら、姜尚は石の上に「柏州」と書いた。

「それで、おまえの名は？」

姜尚が促《うなが》す。

「千尋……小松千尋」

千尋も石板に手をのばし、自分の名前を書いてみた。

姜尚はじっと石板に書かれた文字を見、小さく唸《うな》った。

「見たことのない名前だな。どこからどこまでが姓だ？　姓という言葉はわかるか？」

「名字のことか……？　小松が名字……姓だけど」

「ふーん。松ではなくて、小松で正式な名か。変わっているな」

一人で何か納得したような顔になり、姜尚はニヤリと笑った。パンダも、じっと千尋の顔をながめている。

「おまえの生まれはどこだ？」

「東京……だけど」

「とう、きょう？」

千尋は石板に「東京」と書いた。

「聞いたことのねえ土地だな。……文字の読み書きができるということは、学生か？」

「学生……だけど」

「そうだろうと思った。小学に通っていないと、なかなか書けねえからな」

「小学？　小学校？　オレ……高校生だけど」

キョトンとしていると、姜尚が説明してくれた。

この国では、小学と呼ばれる寺子屋のような施設があって、それを卒業すると中学、高校がなくて、いきなり大学らしい。大学は千尋の世界の大学とは少し違い、科挙《かきょ》という試験を突破するための専門学校に近いようだ。大学に入るのはとても難しく、四浪五浪するのが普通なので、合格するまで塾に通うのだという。

科挙に受かったものは官吏になる。それが、この世界での唯一の出世の道だと姜尚は言った。

（じゃあ、この兄弟、けっこう優秀なんだな。二人とも大学ってことは。……っていうか、ここ、どこだよ？）

まだ、現実のような気がしない。

かといって、夢にしては何もかもがリアルすぎた。

だとしたら、たしかめねばならない。

「あの……話ぶった切って悪いけど、ここ、どこなんだ？　桑州とか梧州って言われても……なんて国だ？」

眉根をよせて、千尋が尋ねると、姜尚は呆《あき》れたような顔をした。

「国の名前も知らずに来たのか？　さらわれて、奴隷市場に売られでもしたか？」

「違うよ。オレ……パンダ……じゃなくて、大熊猫にさらわれて川に落ちたんだ。ここ、川の底の龍宮とかじゃねえよな？」

千尋の額に、姜尚がそっと手をあててくる。ムッとして、千尋はその手をふりはらった。

「やめろよ！　熱なんかねえよ！」

「なら、いいが。ここは蓬萊国だ」

（蓬萊国？　……ってことは、やっぱり、あのゲームのなかの世界か？）

「じゃあ、蓬萊王は？　あいつ……どんな奴なんだ？　やっぱ、極悪人なのか？」

「あんな暴君は、蓬萊国始まって以来だな」

姜尚の瞳が暗くなる。

「暴君……なんだ……やっぱり」

「ああ。二十歳《はたち》の若造なんだが、先代の王が見込みのある兄の公子たちを怖れ、殺してきたのを知っていて、ずっと虚《うつ》けのふりをしてきたそうだ。たいした玉《たま》だぜ。先王の死も、案外、蓬莱王がやったんじゃねえかって噂《うわさ》がある」

「怖い……人なんだな」

兜の下から、自分を見据えてきた強い視線を思い出す。

（捕まってたら、オレ、殺されてた……）

今さらながらのように、千尋は身震いした。

「怖い男だ。ただ冷酷非道なだけじゃない。あいつは、この国を滅ぼそうとしている」

（ええと……もしかして、こいつら……反乱軍のみなさん？）

千尋は、パンダたちと一緒に卓を囲んでいる男たちを見まわした。

こんな微妙な会話をしているのに、見て見ぬふりしているのも怪しかった。

「あの……ここにいるみんなは、ひょっとして蓬莱王が嫌いだったりするのか？」

尋ねた時、まわりの空気が変わった。まるで、懐《ふところ》に小刀を呑んでいるような殺気立った気配が伝わってくる。

（え？　まずいこと言った？）

不安になって、千尋は目だけ動かして、まわりを見た。

姜尚の仲間たちは何事もなかったように饅頭《まんじゅう》を食い、卓の一つを使って花札のようなゲームを始めているが、こちらの様子をうかがっているのがわかる。

姜尚が、ゆったりと微笑んだ。

「まあ、あまり詮索《せんさく》するな。こっちも、おまえの妙な服や言葉づかいは詮索しない」

「あ……うん。ごめん」

「俺たちは『大熊猫遊伎團』の団員だ。十年前、先代の王に滅ぼされた呂家《りょけ》のお家再興だの、行方不明の呂家の姫を捜そうだの、お上に逆らう謀議を企《くわだ》てようなどと考えてねえから安心しろ」

(考えてるじゃん。……やっぱ反乱軍かよ、こいつら)

その時、姜尚が階段のほうに素早く視線を走らせた。パンダが姜尚の膝から滑り落ちる。

つられて、千尋も階段のほうに目をやった。

(え?)

もこもこした大きなパンダが、狭い階段でギュウギュウになりながら下りてくる。

もしかして、自分を背中に乗せて神田川に飛びこんだあのパンダではないだろうか。

千尋は立ちあがり、後ずさった。

パンダがまーまー鳴きながら、姜尚のほうに近づいてきた。

(やっぱり、あいつだ……!)

逃げようか、どうしようかと思い迷う千尋の前で、姜尚は立ちあがり、パンダをギュッと抱きしめた。パンダもうれしげに、姜尚にしがみついてくる。

「無事だったか、芳芳《ほうほう》ちゃん。心配したぞ」

白い頭と丸い黒い耳を撫《な》でながら、姜尚は目を細めた。

（こいつのペットかよ。……ってことはあの銀髪野郎と関係があるんじゃねえのか？……やべえ）

その時、パンダにつづいて、見覚えのある青年が下りてきた。長い銀髪で、白い衣に紫の帯という格好だ。

（あーっ！　やっぱり！）

青年は千尋の視線に気づいたのか、こちらを見て、パッと瞳を輝かせた。

姜尚が「よっ」と手をあげて、青年に合図した。

（やっべえ。見つかっちまった）

「無事だったか、叔蘭《しゅくらん》。時間になっても戻らねえから心配したぞ」

「すみません、姜尚さま。気がついたら海の側で。お借りした芳芳は、よく働いてくれましたよ」

青年は姜尚を見、笑顔で言った。

「それはよかった。で、首尾は？」

水を一口飲んで、姜尚が尋ねる。

叔蘭と呼ばれた青年は姜尚の側にいる千尋を見下ろし、微笑んだ。

「成功です」

「成功したか！　で、桃花姫《とうかひめ》はどちらに？」

叔蘭は、優美な仕草で千尋を示した。

「こちらにおいでです」

（はあ？　オレ？）

姜尚が今までと違った目で、まじまじと千尋を見た。

「だが……桃花姫は女のはずだ」

「オレは姫なんかじゃねえよ！　人違いで、こんなとこまで連れてきやがって！」

怒鳴ったら、パンダがいっせいにこちらを見た。

美青年は、少し困ったような瞳になって微笑んだ。

「まだ混乱されているようですね。私は荊州《けいしゅう》の巫子、楊《よう》叔蘭と申します。私があなたを異世界からお連れしたのです。突然のことで驚かれたと思いますが、どうかお許しくださ い……」

「いいから、オレの世界に帰せよ！　早く！」

騒いでいると、幾人かがこちらを振り返った。

「男じゃなかったのか?」

「桃花姫だって?」

人々はいつの間にか、何か別のことをしているふりをするのをやめてしまっている。

パンダたちはもう何事もなかったように、床でころんころんしはじめた。

あまりの現実感のなさに、千尋は軽い眩暈《めまい》を感じた。

(ここはどこ? オレは誰? ……これは夢かな。そうだ。きっと夢だ)

そう思ったせいか、頭がくらくらして、目の前がよく見えなくなってくる。

「帰る……家に……」

千尋はその場にしゃがみこみ、呟いた。

叔蘭に肩をつかまれるのがわかった。

「桃花姫⁉ 姫!」

「だから……オレは姫なんかじゃねえ……!」

言ったつもりだったが、かすれた声しか出ない。

(オレ……変だ……。どうしたんだ……)

すうっと意識が薄れていく。

「しっかりなさってください、桃花姫!」

しつこい呼び声をぼんやりと感じながら、千尋はその場に倒れこみ、意識を失った。

第二章　神獣の祠堂《しどう》

どこかで、かすかな笛の音がしている。

千尋《ちひろ》は、ハッと目を覚ました。じっとりと寝汗をかいている。

（ここ……？）

見知らぬ部屋だった。内装は赤と金を基調としている。

千尋が寝かされていたのは、天蓋《てんがい》つきの黒い木の寝台だった。天蓋からたれ下がった紗《しゃ》の帷《とばり》が、千尋のまわりを取り囲んでいる。

斜め格子の入った丸窓には白い薄紙が障子紙《しょうじがみ》のように貼られており、外の風景は見えなかった。

窓の外から聞こえる笛の音は、しだいに遠ざかっていく。

（まだ……こっちの世界なんだ……）

意識を失う前のことを思い出し、千尋の瞳《ひとみ》がふっと暗くなる。

何もかも、夢ならいいと思っていたのに。

「櫂《かい》……」

あの幼なじみは、どこにいるのだろう。

やはり、この異世界で不安な想いをしているだろうか。

(とにかく、捜さなきゃ。あいつと合流できれば、きっとなんとかなる)

千尋はあたりを見まわし、そろそろと寝台から下りた。

その時になって、自分が中華ふうの赤い衣に着替えさせられているのに気づく。袖口《そでぐち》や衿《えり》もとに刺繡《ししゅう》が入っている。どう見ても女物だ。

誰が着替えさせたのだろう。あの楊叔蘭《ようしゅくらん》とかいう怪しい青年だろうか。

(冗談じゃねえよ。女あつかいしやがって！　オレの服……！)

探してみても、家から着てきた服はない。

千尋は唇を嚙《か》みしめ、そーっと廊下に滑りでた。

寝かされていたのは、二階のようだ。右手のほうに、木の扉がある。

扉の前を通り過ぎた時、なかから人の声が聞こえた。

「召喚法は失敗だろう、叔蘭」

李姜《りきょう》尚《しょう》の声だ。不機嫌そうな響きがある。

「失敗ではありません、姜尚さま。あのかたは、我らの桃花姫《とうかひめ》に間違いありません」

熱心に言っているのは、叔蘭だろう。

「男だぞ、あれは？　伝説の桃花巫姫《ふき》は絶世の美少女だ。あんなガキを連れてきて、姫だと言って、誰が納得する？」

「でも、綺麗《きれい》なかたでしたよ。それに、清らかな霊気をまとっておいででした」

叔蘭の声に笑みが混じる。姜尚が呆《あき》れたような口調になった。

「だから……叔蘭、男じゃしょうがない。女の格好でもさせる気か？　……百歩譲って、本物だとしても、千尋は俺たちに協力するのか？　あいつには、桃花姫としての自覚はまったくないぞ」

「たとえ自覚はなくとも、千尋さまが真《まこと》の桃花姫ならば、時があのかたを導くでしょう」

静かな声で、叔蘭が言う。

「導く？　どこへだ？」

「桃花巫姫としての定めに」

姜尚の呆れた声が、それに答える。

「もういい。俺は桃花姫はあてにせず、最初の計画どおりにやる」

「王の軍は次は柏州《はくしゅう》府の祠堂にむけられます、姜尚さま。大学が封鎖され、府城《みやこ》が火の海になってからでは遅すぎます。私たちには、もっと強力な援軍が必要なのです」

「商人たちが、大学の祠堂を護《まも》るためなら食料や物資を提供すると言っていた。街の協力が得られれば、あの大学は要塞《ようさい》としても充分に機能する。心配するな、叔蘭。大学ごと府城を焼き払うほど、王も阿呆《あほう》ではない。官吏たちの六割は、柏州の大学出身だからな」

姜尚の声は、落ち着いていた。

短い沈黙の後、叔蘭の声がした。

「街のかたがたは物は出しますが、人は出しませんね。なぜ、積極的に護ろうとしないのでしょう。自分たちの柏州侯《はくしゅうこう》だというのに」

「視《み》えないからだろうな。叔蘭、誰もがおまえのように神獣の気配を感じられるわけではない」

姜尚の言葉に、叔蘭は黙りこんだ。

沈黙のなかで、まーという鳴き声がした。どうやら、パンダもいるらしい。

「姜尚さまは、あのかたが桃花姫ではないと思っておいでなのですか?」

「そうじゃない。あいつが桃花姫でも、戦力として使えなければ意味がないと言っている」

千尋は抜き足差し足で、こっそり一階に通じる階段のほうに歩きだした。

これ以上、立ち聞きしていてもしょうがない。

(オレのことで言い争ってんのか……。オレはとうか姫なんて奴じゃねえっての)

助けてもらって、水をもらえたのはありがたかったが、ここに居残れば、また面倒なことになりそうだ。

昨日の兵士たちも、もう自分を捜してはいないだろう。

今のうちに、逃げようと思った。

一階に下りると、昨日と同じ建物のなかだった。

千尋は音をたてないように気をつけながら扉を開け、そーっと外に滑り出た。

＊　＊

(うーん……。スカートは足がすーすーして、不安な気がするな)

今日も空は快晴で、陽射しは強い。

城壁に囲まれた町のなかには、兵士たちがうろうろしていた。そのせいか、昨日よりも一般の人々の姿が少ない。

町の出入り口である石の門の側には大きな天幕がいくつも張られ、馬がつながれていた。

どうやら、そこにまだ蓬萊王《ほうらいおう》と部下たちがいるらしい。

千尋は兵士たちに見つからないように、裏通りを歩いていた。

(蓬萊国って言ってたよな。……まさか、あのゲームのなかの世界じゃねえよな。いくらなんでも、そんなマンガかアニメみてぇな話って……)

しかし、蓬萊王という暴君と「とうか姫」という巫子姫《みこひめ》がいる中国ふうの世界というのは、あまりにも『蓬萊伝』に似すぎていた。

(まさか、ここの町もゲームスタートの町じゃねえよな。……武器屋と防具屋と旅人の宿があったら、笑うからな)

そう思ってから、千尋はため息をついた。

とにかく、何か着替えと食料を手に入れ、櫂を捜さなければならない。

だが、どこかに着替えや食料があるとして、それをどうやって買えばいいのだろう。

お金は持っていない。売れそうなものもない。

(薪割《まきわ》りとか水汲《みずく》みとか荷物運びとか……そういうので稼ぐしかねえのかな。でも、雇ってもらえるんだろうか。ここの世界の食いものがいくらするのか、わかんねえし……宿代だって……)

考えれば考えるほど、不安になってくる。

やがて、歩いていくうちに灰色の石の城壁が見えてきた。壁は頑丈そうだったが、茂みの陰に一ヵ所だけ崩れた部分がある。

このあたりには、人影はまったくない。

(外に出たら、なんか事件が起きて、もう戻ってこれねえとか、そういうイベントはねえよなあ。それで、序盤の大事なアイテムとり損なうとか……)

千尋は眉根《まゆね》をよせ、無意識に栗色《くりいろ》の前髪をかきあげた。

それから、意を決して、崩れた壁のあいだから外に這《は》いだす。

町の外には痩せた畑がつづいており、そのむこうは荒野だった。乾燥して白茶けた地面に、丈の短い灰緑色の草がポツリポツリと生えている。

ずっと遠くに、白っぽい建物群や、ずらりと並ぶ白い円柱のようなものが見えた。天然のものではなく、人工物だ。

（なんだ？　町か？）

あそこに行けば、この町のことが何かわかるかもしれない。

千尋は強い陽射しのなか、白い建物群のほうにむかって歩きだした。

＊　　＊

近づくにつれて、町のように見えたものは巨大な遺跡だとわかってくる。

崩れかけた白い石の壁や、倒れかけた円柱はさっき後にしてきた平按《へいあん》の町の建物とは様式が違う。遠い昔に滅ぼされた、別の民族のものだろうか。

（へえ……ギリシャっぽいな、このへんは）

ぬけるように青い空に、傾いた円柱がそびえたっているのはなかなか絵になる。

ところどころ崩れた石段の隙間《すきま》から、見慣れない草が生えてきていた。

どこかから、水の音が聞こえてくる。

（水があるのか。……そういえば、喉渇《のどかわ》いたな。腹もすいたし……）

キョロキョロとあたりを見まわしていた時だった。

グルルルルッ……。

背後から、低い唸《うな》り声《ごえ》が聞こえてきた。

（え……!?）

振り返ると、濡《ぬ》れたような毛並みの黒い犬が三、四匹いた。みな、目をギラギラさせて、鼻に皺《しわ》をよせている。

（やべえ……。野犬か!?）

千尋は、立ちすくんだ。

ガルルルルルッ！

黒犬たちが前に出てくる。

「うわあああああーっ！」

悲鳴をあげて、千尋は駆けだした。

走ってはいけないと思うのに、身体《からだ》が言うことをきかない。

怖ろしい吠《ほ》え声《ごえ》が、すぐ後ろに迫る。むっとするような獣の臭《にお》いが鼻をついた。

(嫌だ！　死にたくねえ！)

こんな遺跡に、ふらふらと入ってきた自分の迂闊《うかつ》さが悔やまれた。何か、ろくでもないものが巣食っている可能性だってあったのに。

「誰か、助けてくれ！　誰かーっ！」

必死に叫んでみたものの、平按の町まではとても声は届かないに違いない。

陽射しは熱いのに、手足が氷のように冷たくなってくる。

(このまま殺されちまうのか……)

ガアアアアアーッ！

吠え声とともに、獣が飛びかかってくる気配があった。

(助けて！　櫂！)

そう思った瞬間だった。

ザシュッ！

風を切る音がして、誰かが千尋と獣のあいだに割りこんできた。

ギャンッという悲鳴をあげて、獣が地面に転がるのが見えた。

(え……!?)

獣の背中の傷口からシュウシュウと音をたてて、蒸気のようなものが噴きだした。

切られた黒犬の身体は見る見るうちに縮み、染《し》みのようになって消えていった。

倒れた獣の側《そば》に、長身の青年が立っている。

黒い革鎧《よろい》を身につけ、手に両刃の剣を持っていた。漆黒の髪を前髪ごと後頭部で結び、形のよい額を見せている。

白い遺跡と青空を背にして立つ姿は、どこか古代の軍神めいて見える。

(ええっ……!?)

千尋は、息を呑《の》んだ。

青年の整った横顔には、見覚えがあった。

「櫂……!?」

しかし、千尋の知っている櫂とはどこか雰囲気が違った。あきらかに肩幅が広くなり、身長がのびている。顔だちも大人びて、野性味を増していた。

青年はチラリと千尋を見、鋭く言った。

「下がっていろ、千尋」

「え……?　あ……ああ……」

(オレのこと、千尋って呼んだ。じゃあ、やっぱり櫂なんだ)

千尋はドキドキする胸を押さえ、櫂の後ろに下がった。

黒犬たちが喉の奥で唸る。

櫂は、慣れた動作で剣を構えた。

（おまえ……剣なんか使えたのか？　すげぇかっこいいんだけど）

ガアアアアアーッ！

つづいて、二匹目の黒犬が飛びかかってくる。

懼の剣が一閃《いっせん》した。

血飛沫《ちしぶき》とともに黒犬の首が飛び、地面に転がる。黒犬の身体から、またしても蒸気のようなものが勢いよく噴きあげた。

（うわ……）

残りの黒犬たちはじりじりと後ずさりをはじめ、尻尾《しっぽ》を股《また》のあいだにはさんで逃げていった。

懼は平然とした様子で剣を横に払った。刃から水が飛ぶ。よく見ると、刃の表面に次から次へと水滴が浮かんでくる。そういう剣なのだろうか。

（何、これ……？）

「懼……」

なんと言っていいのかわからず、千尋は懼の背中を見つめた。

目の前にいるのは本当に自分が知っている、あの尾崎《おざき》懼なのだろうか。

「怪我は？」

懼が剣を鞘《さや》におさめ、心配そうにこちらを振り返る。

「ねえけど……」

「よかった」

はじめて、櫂は微笑《ほほえ》んだ。その笑顔は、やはり見慣れた櫂のものだった。

千尋は、おずおずと櫂に近づいていった。

「おまえ……今まで、どこにいたんだ？　それに、その剣とか鎧とか……」

櫂は自分の黒い革鎧をチラと見、苦笑したようだった。

「これは、旅しながら働いて買ったんだ」

「旅しながら？　え？　オレと一緒にこっちに来たんじゃねえのか？」

櫂の瞳が、わずかに暗くなる。

「飛ばされてきたのは同時らしいが、何かの拍子にタイムラグができたようだな。俺のほうが、おまえより長いこと、こっちの世界にいる」

「嘘《うそ》……！　何年だよ⁉」

「俺は今、二十歳《はたち》になる」

静かな声で、櫂が答える。

「二十歳……⁉」

千尋は、息を呑んだ。

それで、雰囲気が変わっていたのか。

(それってことは……五年間もこっちの世界にいたのか……!?　たった一人で……)

信じられなかった。本当のことだとしたら、あまりにも酷《ひど》すぎる。

一緒に生きてきたはずの時間がいきなり断ち切られて、次に会ったら、いきなり櫂だけ五年先に進んでしまっていたというのか。

「嘘だ……！　そんな……！」

思わず、千尋は櫂の腕をつかんだ。

記憶にある櫂のそれよりも筋肉質で、逞《たくま》しくなった腕。

(櫂……)

「ごめん……。なんで、おまえ一人だけで、こんな……」

じわっと目の奥が熱くなってきた。

櫂の気持ちを思うと、たまらなくなった。

「おまえのせいじゃない。気にするな」

くしゃっと髪をつかまれ、これは夢ではないのだと思った。

「櫂……！」

我慢できなくて、しがみつくと、櫂が苦笑する気配があった。

「やっぱり、しっくりくるな。おまえといると」

懐かしいセリフを耳にして、泣きそうになる。

「ところで、おまえ……なんで女の格好してるんだ?」

からかうように尋ねられ、千尋は危うく、こぼれそうになった涙が、ひっこむのを感じた。

「バ……バカ野郎! これはオレが自分で着たんじゃねえよ、バカ野郎!」

櫂が声をあげて笑いだす。

「すまんすまん。けど、意外に似合うな」

「似合うって言うな! オレだって、やなんだ! でも、服隠されちまって……」

千尋は櫂から離れ、自分の服を見下ろし、ため息をついた。

この土地の他の人々の服装を考えても、これは派手すぎる。

「どこで隠されたんだ?」

ふっと笑いをおさめ、櫂が尋ねてくる。真面目な顔をしても、目もとや口もとにそこはかとなく若い牡《おす》特有の色香が漂う。

この五年間、きっと櫂は自分の知らない人と会い、いろいろな経験を積んできたのだろう。

五年分、先に進まれてしまったことが悔しくもあり、切なくもあった。

一生、子供の頃と変わらないまま、同じ時間を生きていくと思っていたのに。

「だから、昨日、オレを助けてくれた奴らのとこで……」

「助けてくれたんなら、いい人たちじゃないのか？」

「そうかもしれねえけど、なんかさ……。あいつら、わけわかんねえ。オレのこと、とうか姫とか呼ぶんだぜ」

口を尖《とが》らして言うと、櫂がわずかに目を細めた。

「伝説の巫子姫か……」

「また、それかよ。なんなんだ、この世界。櫂、おまえ、五年もいたなら知ってるだろ？　ここはどこなんだ？」

櫂は、無表情になった。

「それは、俺にもわからん。ただ、あのゲームの世界ととてもよく似ているのはたしかだ」

「じゃあ、蓬莱王もあの蓬莱王なのか⁉　すげぇ悪い王さまなんだよな？」

「そのようだな」

櫂の言葉に、千尋はあらためて呆然《ぼうぜん》となった。

「じゃあ……巫子姫は？」

「桃の花の姫と書いて、桃花姫と呼ばれている。巫女《みこ》の『巫』に『姫』で巫姫《ふき》ともいう」

「でも、オレじゃねえぞ！　オレ、男だし！」

情報量が多すぎて、頭がついていかない。

「どうしよう……櫂……。オレたち、帰れるのか？　……帰れるんだよな？」

祈るように尋ねると、櫂はなんともいえない優しい目になった。

「帰れるはずだ。二人そろえば、きっとなんとかなる」

「本当に?」

「ああ、そう思って、おまえを待ちつづけていたんだ」

やわらかな声は、不安でいっぱいの胸に染みこんでくるようだ。

「そっか……」

(やっぱり……櫂に会えてよかった)

千尋はおずおずと手をのばし、もう一度、櫂の腕に触れてみた。

こんなに綺麗に筋肉がついていて、うらやましい気がした。もう、走るスピードでもかなわないかもしれないと思う。

「ん?」

怪訝《けげん》そうに、櫂が千尋を見下ろしてくる。

「腕、すごく筋肉ついたな。どんだけトレーニングしたんだ?」

「実戦で……かな」

「実戦? 戦ったりしたのか?」

千尋は、まじまじと櫂の目を見つめた。

櫂は、唇の端に皮肉めいた笑みを浮かべた。そんな顔をすると、知らない人のように見える。

千尋は糴の腕をつかむ指に、少し力をこめた。

糴はそんな千尋の手を見、低く答える。

「そういう世界だ」

「マジかよ⁉」

（もしかして、人を……殺したことある？）

それは怖くて、とても訊《き》けない。

黙っていると、糴が静かに尋ねてきた。

「俺が怖いか、千尋？」

千尋は、黙って首を横にふった。

糴はどんなふうになっても糴だと思った。

その時、平按の町のほうから、馬に乗った三、四騎の人影が近づいてくるのが見えた。

遠目でも鎧が光っているのがわかる。

（やべえ。兵隊だ）

糴が「まずいな」と呟《つぶや》いて、追っ手と反対の方向に走りだす。

「こっちだ、千尋」

「あ……うん！」

慌てて、千尋も駆けだした。

二人は蓮《はす》の花が咲く緑の池の横を走りぬけ、崩れかけた石の門をくぐり、遺跡の外に出た。

燿が左指を唇にあて、ピューッと甲高《かんだか》い音を鳴らした。

すぐに、馬の蹄《ひづめ》の音が近づいてくる。

(え?)

左手のほうから、大きな白い馬が現れた。全身、真っ白で、鬣《たてがみ》だけが青い。

「すげえ……。何、これ? 鬣、染めてんのか?」

「いや、こういう生き物だ。この世界には、真っ白な生き物はいない。みんな、どこかに別の色が入っているんだ。純白なのは、守護獣……神獣だけだ」

「守護獣? 守護獣って、あのゲームのやつか?」

燿は、それには答えなかった。

「乗れ」

両手を組みあわせ、馬の横に立って、千尋に目で合図する。燿の手を踏み台にして、馬に乗れということらしい。

「えー? いきなり、無理だよ」

ためらっていると、燿は「やれやれ」と言いたげな顔になって、先に馬にひらりと飛び

乗った。それから、千尋の腕をつかんで、ぐいと引っ張りあげる。

「うわっ！　ちょっと！」

ジタバタしているあいだに胴体をつかまれ、馬の背に座らされ、背後から胴に腕をまわして固定された。

「落ちるなよ」

からかうような声が聞こえたとたん、馬は疾走しはじめた。

（ぎゃあああああーっ！）

千尋は心のなかで悲鳴をあげ、必死に櫂の腕にしがみついた。

＊　　＊

同じ頃、平按の町外れの幕営《ほんじん》に、一人の小柄な老人が入ってきた。

白髪交じりの髪は枯れ草色で、深い皺《しわ》に縁どられた目は鮮やかに青い。鼻筋のすっと通った顔だちは、若い頃はさぞかし美男であったろうと思わせる。

痩《や》せ気味《ぎみ》の身体を包むのは、灰色の文官の袍《ほう》——朝服《ちょうふく》だ。腰に紫の印綬《いんじゅ》を帯びている。手首や指に、金の飾り輪が光っていた。

この老人の名は、司馬瑛《しばえい》という。歳《とし》は六十六。

秘書省《ひしょしょう》の秘書令《ひしょれい》、つまり長官で、先王の代から秘書として王家に仕えてきた。生粋《きっすい》の貴族である。

天性の人たらしで、丞相《じょうしょう》、御史大夫《ぎょしたいふ》、大司馬《だいしば》の三公とも茶飲み友達という間柄だ。特に丞相とは竹馬《ちくば》の友といっていい。

性格は明るく、お祭り好き。周囲には、いつも人の姿が絶えない。

ただし、女性にまったく興味がないのが玉《たま》に瑕《きず》だ。

公の席にまで、若くて美しい青年を連れて歩き、お堅い官吏たちの顰蹙《ひんしゅく》を買っている。

司馬瑛自身は、周囲の冷たい視線にはおかまいなしだ。

「これ、主上《しゅじょう》はまだ見つからんのか、朱善《しゅぜん》」

司馬瑛の声に、天幕のなかをイライラと行き来していた美丈夫――朱善が足を止めた。

こちらは、赤銅色の髪で肌は日焼けしている。瞳の色は、明るい水色だ。顎《あご》ががっしりしていて、首が太い。

なかなかの美男だが、ゴツすぎて司馬瑛の趣味ではないらしい。

司馬より頭二つぶん背の高い身体を覆うのは、実用よりはやや装飾性を重んじた銀色の鎧だ。腰には優美な細工の佩剣《けん》が見える。

姓は趙《ちょう》。名は朱善。梧州《ごしゅう》の人である。

蓬莱国の禁軍《きんぐん》――つまり王を警護する近衛《このえ》の武官だ。現在は左中郎《さちゅうろう》として、一部隊の兵帥《たいちょう》に任じられている。こちらは二十五歳の若さである。

生まれは常民だが、天性の剣の才と馬術の技を生かして兵官となり、先王の御前試合で最後まで勝ち残り、最強の剣士としての栄誉を得た。

最後の対戦相手は太子《たいし》、龍月季《りゅうげつき》だった。

そこで太子と手加減なしで戦い、勝利したことにより、朱善は月季の信頼を得た。

性格は負けず嫌い。よく言えば、誇りが高く、悪く言えば強情である。戦いの場では、勇猛な武将として知られている。

「は……。まだ見つかっておりません」

朱善は足を止め、礼儀正しい距離を保って答える。

こちらは妻《さい》はまだいないものの、興味の対象は女性にかぎられる。

美青年好きの老人など、仕事でなければ、つきあいたくもない。私的な場所で会うことがあれば、清めの塩をまきたいくらいだろう。

幸か不幸か、司馬のほうもそれを知っており、時おり、わざと朱善をからかって喜ぶことがある。

司馬にとって朱善は「堅物の面白い玩具《おもちゃ》」であり、朱善にとって司馬は「くそ爺《じじ》い」なのだ。

「町で麗《うるわ》しい少年でも見つけて、追いかけていかれたかのう。まさか、ほかの兵たちに主上の不在が気どられてはおらぬな？」

上目づかいで、司馬が尋ねる。朱善は露骨に嫌そうな顔になった。

「今のところ、大丈夫です。しかし、このまま長引けば、隠しとおせなくなりましょう。……やむをえません。私も捜しにいきます」

朱善は大股に歩きだした。これ以上、一分一秒でも司馬と同じ空気を吸いたくないらしい。

「わかった。では、こちらの工作はわしが引き受けるとするか。気をつけて行ってくるがよい」

真面目な秘書令の顔になって、司馬が答える。

バサッと幕営の垂れ幕をまくりあげ、朱善は外に出ていった。

それを見送り、司馬はため息をついた。

「まったく……主上はどこまで行かれたのか。放浪癖もたいがいにしていただかねば」

＊　　＊

馬が走りだしてから、十五分ほどが過ぎた。

突然、櫂が馬を止め、慣れた動作で地面に下りた。手を貸してくれたので、千尋も滑り落ちるようにして、馬から下りた。まだ膝《ひざ》が笑っている。

「こっちだ」

櫂が先に立って、右手の林のほうに走りだす。

このあたりは道らしい道はなく、灌木《かんぼく》のあいだに丈の高い雑草が生い茂っている。

ただ一筋、踏み荒らされたような道が林のなかまでつづいていた。道幅は二メートルというところか。

地面には、ところどころ、くっきりと複数の馬の蹄らしき跡が残っていた。

最近、大勢の人馬がここを通ったようだ。

千尋は、青い鬣の馬を振り返った。放置してきていいのだろうか。

「櫂、馬は？」

「賢い奴だから、自分で隠れる」

「そうなんだ……。すげぇな」

チラリと振り返ると、青い鬣の馬はもう半分、茂みのなかに隠れてしまっていた。

道のずっとむこうから、兵士を乗せた馬が走ってくるのが見えた。

（やべえ）

千尋は、足を速めた。

ほどなく、二人は林のなかの空き地に出た。広さは、学校の教室くらいだろうか。

空き地の真ん中に、小さな祠堂のようなものがある。

祠堂の扉の上には、「桑州聖廟《そうしゅうせいびょう》」と書かれた木の扁額《へんがく》がかかっていた。額のまわりには、一本の角《つの》のある不思議な馬と五弁の花が彫刻されている。

（桑州……聖……なんだ？　読めねえ）

千尋は、目を瞬《しばた》いた。

隣で、櫂も驚いたように祠堂を見つめている。

「こんなところにあったのか」

「なんだ、あれ？」

「この桑州を護る神獣の祠《ほこら》だ。破壊されたと思っていたが」

呟いて、櫂は祠堂に近づいていった。

「え？　どうするんだ？」

「隠れさせてもらう」

平然とした口調で、櫂が言った。

「でも……なんか、神社っぽいっていうか、神さま、祀《まつ》ってるっぽいぞ」

「緊急事態だ。神獣も許してくれるだろう」

櫂が観音開きの扉に手をかけると、軋《きし》むような音をたてて扉が開いた。

なかは薄暗く、奥のほうにも額がかかっていた。その前にやはり角のある馬の小さな木像が祀られている。木像の前には、枯れた花輪が置かれている。

おいでと招かれて、千尋は恐る恐る、櫂の後から祠堂に入った。

扉は二人が入った後、自然に閉じた。祠堂のなかは、暗くなる。

(いいのかな……。こんなとこ入って……)

そう思った時、耳の奥でキーンと耳鳴りのような音がした。

何か、肌の下でざわめくような感覚がある。

「櫂、ここ……なんか変だ……」

言いかけた時だった。

櫂がハッとしたように千尋の口を押さえ、扉のほうにむきなおった。

「来たぞ。追っ手だ」

かすかな声に、千尋は全身を緊張させた。異質な革鎧の臭いに混じって、嗅《か》ぎ慣れた櫂の肌の匂《にお》いがする。

櫂の手がそっと離れる。扉の隙間《すきま》から漏れる細い光の筋を、櫂の輪郭が遮るのが見えた。

祠堂の外が騒がしくなり、馬の蹄の音と人の声が聞こえてきた。

「これは……」

「昨日、破壊した祠堂とは違います、趙隊長」

「かなり古い祠堂だな。……まあ、いい。それより、主上を捜せ。夜までには王都に出立していただかないと、俺が爺さんに叱《しか》られる」

趙隊長と呼ばれた男の声は朱善のものだが、むろん、千尋にはわからない。

（しゅじょーってなんだろう）

何やら、トラブルでも起きているのだろうか。

右手のほうから、人が走ってくる物音がした。

「隊長！　茂みのなかに新しい馬の蹄の跡がありました！　茂みに入る前に、体重が変わったようです。おそらく、さっきの怪しい二人組は馬を下り、この近くに潜んでいるものと思われます！」

（げ……。見つかったんだ）

千尋は息を止め、櫂の背中ににじりよった。

櫂が手探りで、「大丈夫だ」というように千尋の身体を軽く叩《たた》いてくれる。

「放っておけ。こっちはそれどころではない。もう一度、戻って、町のなかを調べてみよう」

朱善の声と、それに「はっ」と答える複数の男の声がした。

やがて、馬のいななきが聞こえ、兵士たちは祠堂の前を立ち去っていった。

千尋は、はあ……と深い息を吐いた。

「よかった。行っちまった。……ごめんな、櫂。きっと、オレのせいだ」

昨日、町のなかで騒ぎを起こし、蓬莱王の兵士たちに追われていることを話す。

櫂が扉を開きながら、ボソリと言った。

「おまえのせいじゃないと思うぞ」

「ん……。ありがとうな」

櫂につづいて外に出ると、乾いた風が頬《ほお》を撫《な》でた。

「外のほうが気持ちがいいな」

櫂は笑って、千尋を振り返る。

リラックスした表情を見ていると、こちらまで緊張が解けていくようだ。

(櫂の奴、ずいぶん余裕だな。オレなんか、ビビりまくってんのに)

以前から大人っぽかった櫂だったが、今は本当にうらやましいくらい成長して、自信と落ち着きを身につけている。

この異世界で過ごした時間は、櫂に何を教えたのだろう。

「なあ、櫂……」

千尋が言いかけた時だった。

どこからともなく、高く澄んだオルゴールのような音が聞こえてきた。

（なんだ……？）

「櫂、変な音がする」

小さな声で言うと、櫂が怪訝そうに答えた。

「音なんかしないぞ」

「でも、聞こえる。オルゴールみてぇな音で……」

音はしだいに高まっていく。

ふいに、後ろのほうで何かが青く光った。

（え……⁉）

ギョッとして振り返ると、青い光は祠堂のなかから射していた。

「櫂！」

「なんだ、これは……⁉」

櫂もびっくりしたように青い光のほうを見、千尋の肩をつかんで下がらせた。

光のなかで何かが動く。

（何……⁉　なんだよ……⁉）

祠堂のなかから、白い獣の頭が突きだしてきた。馬のような姿で、額の真ん中に象牙色《ぞうげいろ》の角が生えている。角の長さは、三十センチほどだろうか。

毛並みは真っ白で、目が勿忘草《わすれなぐさ》のように青い。

「な……っ！　ちょっと……！　なんだよ、これ⁉」

「神獣……⁉」

燿が息を呑んだようだった。

「神獣……これが？　すげえ。角、ホントに生えてるんだよな？　かっこいいなあ。ＣＧみてえ」

「おまえな……。少しはありがたがれ。神獣はこの蓬莱を護っている聖なる獣だぞ。五つの地方に五体いて、それぞれの祠《ほこら》――祠堂《しどう》を巫子《ふし》が護る……。名は騰白《とうはく》、飛白《ひはく》とも呼ばれる。だが、一角獣のような姿が普通だが、成長して力を得ると八翼の龍になるとも言われている。だが、神獣は普通の人間には視えないはずだ。俺も視たのは初めてだ」

「そうなのか？　あっ！　出てきた！」

千尋は後ずさり、ふと動きを止めた。

純白の獣と目をあわせたとたん、何か温かな気持ちが全身を包みこむ。

（なんだ……これ……？）

――我が友。ようやく、また会えたな。

深く静かな思念が、千尋の胸に流れこんできた。

「また会えたって……なんのことだ？　オレ、おまえに会うのは初めてだし……」

「千尋？」

耀がまじまじと千尋を見、純白の獣に視線をむける。

そのあいだに、純白の獣は千尋に近づいてきて、そっと角の先で肩に触れてきた。

優しい感情が流れこんでくる。

――会いたかった。

「なんで……？」

千尋もそうっと一角獣の角に触れてみた。

何がどうなったのかわからないうちに、純白の獣は千尋の肩に頭をすりつけ、うれしげに長い尻尾を振っていた。

「耀……こいつ、オレのこと好きみてぇだ」

「そうか」

呟く耀の声には、今までと違った響きがあった。

悲しみとも諦観《ていかん》ともつかない声音。

（なんで、そんな声出すんだよ、耀？）

「こいつ、なんなんだろう？」

呟いた時だった。

「あなたは、神獣の護り手として認められたのですよ」

少し離れたところから、穏やかな声がした。

ドキリとして、見ると、いつの間にか長い銀髪の青年——楊叔蘭が立っていた。白い衣が陽を弾《はじ》いて眩《まぶ》しい。

櫂が不機嫌そうな顔になり、まじまじと叔蘭を見た。

「おまえ……見覚えがあるな。何者だ？」

「荊州《けいしゅう》の巫子です。……巫子でしたと言うべきでしょうか。私がお仕えしていた荊州の祠堂は破壊され、神獣の気配は絶えましたから」

叔蘭の口調は淡々としていたが、千尋はその抑えた声のなかに悲しみの響きを感じとった。

「気配が絶えたって……？　こいつは、おまえんとこの神獣と違うのか？」

千尋は、すりすりと頬をこすりつけてくる純白の獣の頭を撫でながら、叔蘭をまじまじと見た。

叔蘭は、純白の獣に慈《いつく》しむような視線をむけた。

「そこにおいでなのは、この桑州の神獣です。私がお仕えしていたのは荊州の神獣。一体の神獣に、一人の巫子がお仕えします。ですから、巫子は五つの州に五人いることになります。そして、巫子たちの上に立つのがすべての神獣たちの護り手たる桃花巫姫《とうかふき》。つまり、あなたです」

「オレは姫なんかじゃねえよ！」

言ったとたん、神獣が頭をあげる気配があった。

——そなたは桃花巫姫だ。どういうわけか、牡《おす》だがな。

「牡って言うな！　男だ、男！」

千尋の抗議に、純白の獣は面白そうに勿忘草色の目を瞬《しばた》いた。

「千尋、神獣と会話できるのか？」

驚いたように、櫂が尋ねてくる。

「できるみてぇだ……けど。櫂にこいつの声は聞こえねぇのか？」

「ぼんやりと聞こえるが、自信はない」

神獣は櫂のほうを見た。

櫂がふっと眉根をよせ、人ならぬ獣の瞳をじっと見返す。

まるで、櫂にしか聞こえない声を聞いているような表情だ。

「俺もこいつと同じように異世界からきた。戻れるなら、それが一番いい」

ポツリと呟いて、櫂は視線をそらした。

（なんだろう……？）

少し疑問に思ったものの、それについて尋ねている余裕はなかった。

「これが……このおかたが神獣か……。初めて見た」

男性的な声がして、叔蘭の後ろの茂みのなかから李姜尚が歩みだしてくる。

燿がわずかに表情を硬くして、剣の柄に手をかけた。

叔蘭が軽く手をあげ、燿を制した。

「大丈夫です。こちらは李姜尚。梧州の名家、李家のご子息で、私たちの指導者です」

燿が剣から手を離し、眉根をよせる。

だが、何も言わなかった。

姜尚はまっすぐ神獣に近づいてきて、二メートルほど手前で膝をついた。

陽に焼けた頬には血の色が上り、蒼《あお》い瞳は輝いている。

「生きているうちに、貴《とうと》いお姿を目にすることができるとは思いませんでした。なんと、お美しい……。この奇跡は、我らに下された天命でございましょうか」

感極まったような声で言うと、姜尚は両手を地面につけ、深々と頭を下げた。

まるで、生き神にでも出くわしたような様子だ。

（そんなにすげえのか、これ……？）

千尋は、目を瞬いている。

一角獣も、挨拶《あいさつ》するように頭を下げてみせる。その仕草は愛らしかったが、「可愛い」と口走れば姜尚に殴られそうな雰囲気がある。

「かならず、お護りしてみせます、桑州侯《そうしゅうこう》よ。我らが命に代えても」

姜尚は少年のように頬を紅潮させ、立ちあがった。

「そうしゅうこうってなんだ？」

千尋は、小声で櫂に尋ねた。

「桑州の神獣の古い呼び名だ。『こう』は難しいほうの侯爵の侯。荊州の神獣なら、荊州侯となる」

やはり、小さな声で櫂が教えてくれる。

「ふーん。そうなんだ……」

神獣は、千尋の頬に鼻づらを寄せてくる。

姜尚の様子を見ると、かなりありがたい生き物らしいが、千尋にはピンとこない。

「この奇跡は桃花姫が視せてくださったのですよ、姜尚さま」

やはり、感動したような声で、叔蘭が言った。

姜尚はなんともいえない顔で千尋に二、三歩近づいてきて、足を止めた。複雑な表情になって手を開いたり閉じたりする。

ようやくのことで、姜尚の口から言葉が出てくる。

「なぜだ……!?　なぜ、男なんだ？　おまえが伝説どおりの美少女なら、俺は……。俺は感動した気持ちの持って行き場がないぞ」

責めるような目で見られて、千尋は居心地の悪い気分になった。

「知らねぇよ。だいたい、オレは桃花姫なんかじゃねえし」

「この期《ご》におよんで、まだ否定するのか……！　神獣のお姿は、普通は人間の目には視えん。ただ、桃花巫姫がお側にいる時だけ、神獣はそのお姿を我々にも視せてくださるのだ。ええい。千年に一度、あるかないかの奇跡だというのに、おまえも少しは感動するとか、驚くとかしたらどうだ」

「だって、よくわかんねえもん。どんだけすげぇのか」

「……それが問題なんだ」

ため息のような声で、姜尚が呟いた。

その強い視線は、千尋に注がれたまま動かない。何を考えているのだろう。

居心地の悪さを感じて、千尋は明るい栗色《くりいろ》の前髪をかきあげた。

「さっき、指導者と言っていたが、どういう集まりだ？　反乱軍か？」

ボソリと櫂が尋ねてくる。

姜尚の視線がようやく外れ、千尋はホッとした。

「反乱軍とは人聞きの悪いことを……。俺たちは『大熊猫遊伎團《おおくまねこゆうぎだん》』の団員だ。別名というか正式名は長風旅団《ちょうふうりょだん》というが、まあ、ようは大熊猫を愛する善人の集まりだ」

ボリボリと顎《あご》を掻《か》き、姜尚は笑った。

櫂は、ニコリともしない。

「ちょうふうりょだんって……なんだ？」

ためらいがちに、千尋は尋ねた。

姜尚が千尋を見、自慢げに胸を張った。

「長風は長い風と書く。『乗長風破万里浪《ちょうふうにじょうじて、ばんりのなみをやぶる》』。遠くまで吹いていく大風に乗じて、果てしない海のむこうまで行く。つまり、大業を成就することの例えだ。この言葉から、長風旅団と名付けたわけだ」

「そうなんだ……」

（わけわかんねえ）

とにかく、まともな正式名があるということだけはわかったのだが。

姜尚が真顔になって櫂を見た。

「で、そっちはなんだ？　さっき、異世界から来たと言っていたが」

櫂は無表情に答える。

「俺は千尋の幼なじみだ。こいつが来たのと同じ時に、俺もこっちに飛ばされてきたんだ」

幼なじみだと聞いて、姜尚は「ほう」と言いたげな顔をした。

叔蘭がまじまじと櫂を見、尋ねてくる。

「私の召喚法で、あなたまでおいでになったということですか？」

櫂もわずかに目を細め、叔蘭をじっと見返す。

「おまえが俺と千尋を呼び寄せたのか」

「あなたをお連れするつもりはありませんでした。お許しください」

まっすぐ櫂の瞳を見て、叔蘭が答える。

櫂の表情が不機嫌そうになる。

「俺は巻き込まれたのか」

「その可能性があります」

「召喚したおまえが責任をとって、俺たちをむこうに戻すことはできないのか？」

「それは無理です。道は一方通行です。お戻りになるには、別の道を捜されるほかないでしょう。それまで、私は責任を持って、お二人の面倒を見るつもりです」

覚悟の色を浮かべて、叔蘭は静かに言った。

（勝手に召喚しといて、帰せねえって……？　冗談じゃねえよ！）

千尋の怒りを感じたのか、神獣が心配そうに肩に頭をすりつけてくる。

櫂も「一方通行か」と呟《つぶや》いて、黙りこむ。

あたりには、しばらく沈黙があった。

「柏州に戻れば、大学に昔の伝承にくわしい奴らがいる。そいつらに訊いて、帰る道があるかどうか、調べてみよう。たしか、俺もこっちから異世界に行った話や、二つの世界がつながっていた頃の話を聞いたことがある。子供のお伽噺《とぎばなし》だと思っていたが」

姜尚が、顎をさすりながら言った。

耀がわずかに目を細めた。

「柏州に戻ればと言ったか。もしかして、俺と千尋がおまえらと一緒に行動するのを前提にしていないか？」

姜尚と叔蘭が、素早く視線を見交わした。

「お嫌ですか？」

穏やかな口調で、叔蘭が尋ねてくる。

「つきあう義理はないぞ。そっちは、下手をしたらお尋ね者だろう」

憮然とした顔で、耀が言い返した。

（え？　マジ？）

耀の言葉に、姜尚は笑った。

「まだ官憲に捕まるような罪は犯していねぇよ。それより、おまえ、蓬萊王をどう思う？」

「……流れ者には、そういう難しいことはよくわからん」

関心のなさそうな様子で、耀が答えた。

「この国を見て、どう思う？」

「荒れているな。いろいろ改良の余地はあるだろう」

「蓬萊王がいると、その改良が進まんわけだ。それどころか、奴は各地の神獣の祠堂を打ち壊し、この世界を闇《やみ》に沈めようとしている。荊州の神獣を滅ぼしたのも、蓬萊王だ」

(え？　マジかよ？)

千尋は、息を呑んだ。

こんなふうに懐《なつ》いてくる白くて美しい獣が、滅ぼされてしまったというのか。

「それって、ひどくねえ？」

傍《かたわ》らの神獣も、どこか悲しげな様子だ。

姜尚は、真面目な瞳で千尋を見下ろしてきた。

「ひどい話だと思うぞ、俺も。だから、神獣を護るために、できることをしてみようという気になったんだ」

「でも、それ……蓬莱王に逆らうってことだろ？　やばいんじゃねえのか？」

蓬莱王の前に飛びだしただけで、殺されそうになったのだ。

逆らったりしたら、どんな目にあわされるかわかったものではない。

(命懸《いのちが》けだよな、それって……。どう考えても)

千尋は身震いした。

「せっかく呂家《りょけ》を……俺の主家を再興して、行方不明の紅蘭姫《こうらんひめ》を捜しだしても、国そのものがなくなっていては仕方がねえ。国があってのお家再興だ。滅びた郷関《ふるさと》を甦《よみがえ》らせるにも、神獣のお力が必要になる。ほかの連中が王を怖れて立たないなら、俺たちが立つしかないだろう」

姜尚は、穏やかな口調で言った。

何か複雑な事情を背負っているらしい。お家再興ということは、姜尚もそれなりの家の出身ということだろう。

「でも……戦うのか？　本当に」

行く手にどれほどの危険があるか、知らないはずはないだろうに。

「佩剣《けん》は研《と》いだ。弓弦《ゆづる》も張り替えた。まあ、できることをやるしかないだろう。今すぐ、狼煙《のろし》をあげて戦いを挑む気はないが。なにしろ、こっちは数が足りない。大々的に仲間を募ろうにも、当局の締めつけが厳しくてな。いろいろ思い悩んだ末に、叔蘭が伝説の桃花巫姫のことを思い出して、猫の手でもいいから借りてみようかということになったわけだ」

のんびりした声で言われ、千尋は慌てて言い返した。

「オレは協力しねえぞ」

「そうだなあ。女だったら、土下座してでも頼むところなんだが。旅団のみんなが期待するのは、絶世の美少女なんでな」

姜尚の視線が、千尋の胸のあたりから下に移動する。

「バ……バカ野郎」

（見んな）

居心地悪そうになった千尋を見て、姜尚はボリボリと頭を掻いた。

濯は「やれやれ」と言いたげな顔をする。

叔蘭が、やわらかく微笑んだ。

「あなたが桃花姫でも、そうでなくても、できることが一つあります。そのあたりに、白い花が咲いているのが視えませんか？」

「白い花……？」

言われてみれば、草の陰に何本か咲いているのがわかる。五弁で、薔薇《ばら》の花ほどの大きさがある。

「あるけど？」

「摘んできて、神獣にさしあげてみてください」

叔蘭の言葉に、千尋は首をかしげながら花に近づき、一本摘んだ。

なんともいえない甘い芳香がふわっと立ち上る。沈丁花《じんちょうげ》と薔薇を足したような香りだ。

（いい匂いだな）

ためらいがちにさしだすと、純白の獣はうれしげに千尋の手から花を食べた。

手にもしゃもしゃとあたる唇と髭《ひげ》の感触が、くすぐったい。

「うわ……食べてる！　食べてるよ！　食わせちまって大丈夫なのか？」

千尋は、目を瞠《みは》った。

「大丈夫です。それは瑞香《ずいこう》といって、神獣の唯一の食べ物です。瑞香に触れ、摘むことができるのも桃花姫だけです。神獣は桃花姫の手からしか、瑞香を食べません。そういう生き物なのです」

「へえ……そうなんだ……」

納得したわけではないが、神獣が花を食べている姿は心がなごむ。

「がっついてんな。大丈夫か？」

もっと欲しいと言いたげに手をふんふんと嗅がれ、千尋は笑った。

「きっと桑州侯は、お腹《なか》をすかせておいでだったのですね。先代の桃花姫が亡くなられてから、千年たっておりますから」

叔蘭がやわらかな声で言う。

「え……⁉　千年⁉」

千尋は、息を呑んだ。

だとすると、この神獣は千年ものあいだ、生きているということか。

「何も食わずに……千年も生きるのか⁉」

隣で、櫂も驚いたような目をしている。

「神獣は不死に近い生き物です。飲まず食わずでも、死にはしません。飢えはしますが。

神獣が飢えれば、力は衰え、陰の気を押し戻すことはできなくなります。さらに衰えれば、消えてしまうこともあります」

「千年も生きるのに、消えちまうんだ……」

「ええ。不死に近くても、完全な不死ではないのです」

悲しげな瞳になって、叔蘭が呟いた。

「そうなのか……」

情報量が多すぎて、頭が破裂しそうだ。

「この世界は、神獣を中心にまわっているんだ。……ということになっている。大地を陰の気から護るのが神獣で、その神獣の世話をするのが巫姫《ふき》と巫子《ふし》だ。王は本来、神獣が喜ぶように水害や疫病対策をし、民《たみ》の生活を護らなければいけない。しかし、一方で商工業の発展も後押ししなければいけない。商工業に力を入れると大地が陰の気で穢《けが》れ、神獣は弱っていく。災害や戦争があっても神獣は弱る。……まあ、そんな感じの世界だ」

燿がボソボソと説明してくれる。

五年もいただけあって、ずいぶんくわしい。

それとも、『蓬莱伝　神獣の巫子姫《みこひめ》』の設定もこんな感じだったのだろうか。

「へえ……育成ゲームみてぇだな。でも……陰の気って、そんなにやばいものなのか？」

「ああ。陰の気が増えると作物ができなくなったり、人が病気になったりする。専門的な話をすると陰陽五行《いんようごぎょう》というものがあるんだが、今は知らなくていいだろう。とりあえず、この世のものは、すべて陰と陽にわかれていて、太陽や天、人間が陽で、月や大地、妖獣《ようじゅう》は陰だと覚えておけばいい」

「ほえー」

櫂は「何がほえーだ」と言いながら、千尋の髪をくしゃっとした。神獣は純白の尻尾をパタパタさせている。

「そろそろ話はいいだろう。このあたりにいると、桃花姫の強い霊気を狙《ねら》って、地狼《ちろう》がやってくる」

あたりを見まわし、姜尚が言いだした。

「ちろうって……?」

「黒い犬のような獣だ。犀犬《さいけん》ともいう。陰の気から生まれた陰の化身だ。あれに襲われたら、女子供《おんなこども》はひとたまりもねえ」

もしかしたら、遺跡で自分を襲ってきた黒い獣のことだろうか。

思い出して、千尋は身震いした。

(あんなのが、うろうろしてるんだ……)

姜尚が、肩をすくめて言う。

「この先のことは決めてねぇんだろ?　ひとまず、俺たちの隠れ家にこないか」

「でも……」

（仲間になるのは、ちょっと困る……）

千尋は、チラと燿の顔を見た。燿も同じようなことを考えているらしい。

「勧誘してるわけじゃねえ。桑州の神獣に千年ぶりに瑞香を献じてくれた礼をしたい。それだけだ。一晩泊まって、飯を食っていけ。その後は、好きにすればいい。地狼もそいつが剣を使えるなら、そう心配はあるまい」

姜尚がボソリと言った。

（なら……いいかな）

目で尋ねると、燿は瞳だけで微笑んだ。

だが、姜尚に視線をむけた時には、岩のような無表情になっている。

「おまえらが一揆《いっき》だか革命だか学生運動だか知らないが、その活動のことをうるさく話さなければ、泊まってやってもいいぞ。金は払わんが」

「誰が金をとると言った、小僧？　礼儀を知らん奴だ」

姜尚は、不機嫌そうな顔になった。

燿は哀れむような目で、姜尚を見た。

「俺は小僧じゃない。燿という名がある。姓は尾崎」

「おまえなんぞ、小僧で充分だ」

刺々《とげとげ》しいやりとりに心配になって、叔蘭のほうを見る。

叔蘭は悪戯《いたずら》っぽい瞳で、千尋にうなずいてみせた。

「大丈夫ですよ。姜尚さまは、櫂殿のことを気に入られたようですから。ああいうおっしゃりかたをする時は、いつもそうなのです」

「へえ……叔蘭さんは姜尚さんのこと、よく知ってるんだな」

叔蘭は微笑んだ。

「ええ。幼なじみです。私の父は代々、李家にお仕えする家令《かれい》でした。何事もなければ、私も姜尚さまの家令になっていたと思います」

「かれいって……？　魚？」

意味がわからなくて困っていると、櫂がボソッと言った。

「執事みたいなもんだ」

姜尚とやりあっていても、ちゃんとこちらの会話も聞いている。

「え？　執事？　叔蘭さん、執事の家系なのか？」

それで、叔蘭が姜尚に恭《うやうや》しい口のききかたをしていたわけがわかった。

(でも、今は巫子《ふし》ってやつなんだよな？　変な術も使えるし……。それって、僧侶《そうりょ》？

ＭＰ《マジックポイント》はすげぇあるけど、ＨＰ《ヒットポイント》は低いとか？)

バカなことを考えていると、姜尚が「行くぞ」と言って歩きだした。

第三章　傷痕《きずあと》

夜のどこかで、虫が鳴いていた。

薄闇《うすやみ》のなかで、千尋《ちひろ》は寝返りを打った。

李姜尚《りきょうしょう》と楊叔蘭《ようしゅくらん》に連れてこられたのは、平按《へいあん》の町からも神獣の祠堂《しどう》からも離れた、海辺の天然の洞窟《どうくつ》だった。

神獣にはあるかぎりの瑞香《ずいこう》を食べさせ、祠堂に残してきた。

高い天井のどこかから、青白い月明かりが射しこんでくる。

洞窟はかなり広く、六、七つの房《へや》に分かれていた。洞窟の地下には水路があり、そこにマストを倒した小さな帆船が停泊している。どうやら、姜尚や学生たちはこの洞窟の港を利用し、遠く離れた柏州《はくしゅう》の本拠地と行き来しているらしい。

「眠れないのか？」

少し離れたところから、櫂《かい》の声がした。

櫂も千尋と同じ洞窟の壁際で、粗末な毛布にくるまって横になっている。

姜尚たちは、別の房で休んでいた。

「ん……やっぱ、寝つけねえ……」

千尋は起きあがり、少しためらって、月明かりを頼りに櫂の側《そば》に近づいていった。

寒くはないが、毛布を敷いたきりの石の床はゴツゴツしていて、寝心地が悪い。手もとに携帯電話がないのも落ち着かない。

何より、異世界に放りこまれたことが不安でたまらない。

(オレは……オレたちは帰れるんだろうか……)

「そうだろうな。俺はこっちにずっといるが、おまえは来たばかりだから……つらいだろう」

しんみりした声で、櫂が呟《つぶや》いた。

その声で、懸命に平静さを保っていた心が波立つ。

(櫂のほうがもっと……つらいんじゃねえのか?)

自分と出会えるかどうかもわからないまま、長いこと、この土地をさまよってきた。

「櫂……」

声が少し震えた。

「ん?　大丈夫だ。俺はここにいる」

櫂の手がのびてきて、そっと腕に触れてくる。

その温《ぬく》もりを感じたとたん、たまらなくなった。

自分の世界につながる唯一のもの。

同じ世界の生き物。

「櫂……。側行っていいかな?」

「側にいるじゃないか」

言ってから、櫂はふっと笑ったようだった。

毛布の端をあげて、「入っていいぞ」というような仕草をする。

千尋は、仔猫《こねこ》のようにするりと毛布のなかに潜りこんだ。

櫂にぴったりくっついて、懐かしい匂《にお》いを吸いこむ。子供の頃に、よくそうやって昼寝していたように。

(ああ……櫂だ……。ホントに会えたんだ……)

「千尋……おまえな……」

苦笑混じりに、櫂が何か言いかける。

だが、そのつづきは言わず、黙って腕をのばして枕《まくら》にしてくれた。

千尋は櫂の腕に頭をのせ、少しして外した。

「どうした?」

怪訝《けげん》そうに、櫂が尋ねてくる。

「いや……腕、痛いだろ。下がゴツゴツしてて。それに腕枕だと、なんか……男同士だしさ。変かなって」

そう言うと、耀が小さく笑った。

「おまえな、他人《ひと》の毛布のなかに潜りこんできておいて、今さらそういうことを言うわけか」

「だって、耀に触ってると安心する」

「……俺は抱き枕か」

憮然《ぶぜん》としたような口調がおかしくて、千尋も笑いだした。

コツンと耀が額に額をくっつけてくる。

「ようやく笑ったな」

「あ……そうだっけ?」

そういえば、ずっと神経を張りつめていた気がする。

「心配するな。俺がなんとかして、おまえをもとの世界に戻してやるから」

ささやくような声で、耀が言う。

まぢかにある瞳《ひとみ》には、真剣な光があった。

「戻れるのかな?」

「戻れるさ。大丈夫だ。平按の近くの廃墟《はいきょ》を覚えているだろう? 攻略本で読んだ時には、あそこに〈記録樹〉があった」

「〈記録樹〉ってなんだよ？」

「今までやったゲームのデータを書きこんで、保存できる場所だ。金色の木のはずだが……そういえば、この国で見たことはないな」

「それって、セーブポイントみたいなもんか」

「のようなものだな。こっちの世界に同じものがあるのかどうかはわからんが、『蓬萊伝《ほうらいでん》』ではあそこからもとの世界に戻れた」

「マジかよ？　耀は試してみたのか？」

「いや。ゲームでは巫子姫《みこひめ》と一緒じゃないと、ゲートが開かないんだ。だから、ずっとおまえを待っていた」

「そっか……。じゃあ、明日、行ってみよう」

ホッとして、千尋は微笑《ほほえ》んだ。

耀が切なげな瞳になって、じっと千尋を見つめてくる。

不思議な沈黙が下りた。

（なんだろう。耀の奴、変な感じ……。ま、いっか）

千尋は大欠伸《おおあくび》をし、ゴソゴソと身体《からだ》を動かし、耀の胸もとに頭をくっつける位置で落ちついた。

「櫂……」

「なんだ?」

少し緊張した声が、尋ねてくる。櫂のこんな声は、初めて聞く。

(オレと会うの、五年ぶりだもんな、こいつにとっては。ま、しょうがねえか……)

「側にいろよ。オレが寝てるあいだに、どっか行くなよ……」

ボソボソと言って目を閉じると、櫂があきらめたようにため息をつく気配があった。

「行かないよ」

(なら、いいや……)

安心して、とろとろと眠りに落ちていきながら、千尋は背中を抱く櫂の腕を感じていた。

「俺の身にもなれ。……バカが」

耳もとで、かすかに聞こえた声は幻だったろうか。

*　　　*

翌朝、かなり早い時間に千尋は目を覚ました。

(うーん……背中痛《いて》え……。腰も痛え)

薄目を開くと、明るい光が洞窟のなかを照らしだしていた。

隣にはもう耀はいなかった。

(置いてかれた⁉)

ドキリとしたとたん、一気に目が覚めた。

慌てて起きあがると、右手の木のテーブルのところに耀がこちらに背をむけて立っていた。上半身裸で、濡《ぬ》れた身体を布で拭《ふ》いている。いつも一つにまとめている髪は、今は下ろしていた。

(あ……)

予想以上に逞《たくま》しい背中と左肩に走る古い傷痕《きずあと》に、千尋の心臓がどくんと鳴った。

あの傷は、いつついたのだろう。

耀が今まで、この世界でどんな生活をしてきたのかはわからない。だが、楽なことばかりではなかっただろうということは、その傷痕を見ればわかる。

起きあがって、そっと近づくと、耀が肩ごしに千尋を振り返った。耀は、機嫌のよさそうな顔をしている。

「目が覚めたか」

「あ……うん……」

あまり、まじまじと見てはいけないと思ったが、つい傷痕のほうに視線がいってしまう。

(ダメだ。じろじろ見ちゃ)

「あいつらが、朝メシも用意してくれている。地下の川で顔洗ってこい。泳ぐ気なら、危ないから俺がついていくが」

紐《ひも》で黒髪をキュッと束ねながら、櫂が言う。

まだ拭き残した水滴のついた首筋が妙に艶《なま》めかしい。

千尋は戸惑い、視線を外した。

(あ、そうだ……。訊《き》かねえと……)

「なあ、櫂、昨日、訊きそびれたんだけどさ……」

「ん？ なんだ？」

櫂が手を止め、真正面から千尋にむきなおる。

「ええと……オレ、桃花姫《とうかひめ》とか巫姫《ふき》とか言われてるじゃん。まだ、いまいち、信じらんねえけど。でも、あれ、オレがゲームスタートの時に巫子姫のキャラ選んだせいなのかなって気がちょっとする……」

「かもな」

櫂は深い眼差《まなざ》しになって、ボソリと呟く。

「うん。だからさ……オレが巫子姫ってことになるんなら、おまえは蓬萊王じゃねえのか？」

　訊きながら、なんとバカなことを訊いているのだろうと思った。

　蓬莱王がこんな洞窟で、粗末な毛布にくるまって寝るわけがない。

　燿は、苦笑したようだった。

「俺もそう思ったよ、最初、こっちに来た時は」

「あ……やっぱり？」

「ああ。桃花巫姫は代々、異世界からくるという話も聞かされたしな。もし、おまえが桃花巫姫としてやってくるなら、俺は蓬莱王だと思った」

　燿の表情が、曇る。

　何か、嫌な思い出でもあるのだろうか。

　訊いていいのかどうかわからなかったが、千尋はつづきを促《うなが》した。

「それで……？」

「まっすぐ、蓬莱王の城に行った」

「俺の城だぞって？　すげぇな。……で、どうなった？」

　燿は、左肩の傷痕を千尋に示した。

「その時の傷だ」

「マジ……？」

千尋は、息を呑《の》んだ。

燿は何かを押し殺すような表情で、傷痕を見下ろした。

「殺されずにすんだのは、運がよかった。何も知らない異世界の人間が、ふらふらと王宮に入りこんだんだからな。……おかげで、俺も目が覚めた」

「そっか……」

（やっぱり、違ったのか。そうだよな。燿が蓬萊王なわけねえよな。……一昨日《おととい》、オレが見た蓬萊王は見るからに『悪』って感じだったし、すげぇ怖そうな男だった。そうだよ。燿なわけねえじゃん。何考えてんだよ、オレは）

ホッとして、千尋は少し微笑んだ。

「おまえが蓬萊王じゃなくて、よかった。……でも、傷……痛かったろう？」

そっと手をのばし、古い傷痕に触れてみる。

（燿……）

ひきつれた傷痕の感触に、胸が痛んだ。

指先で傷痕をなぞっていると、ふいに燿が身を強《こわ》ばらせる気配があった。

「あ……ごめん」

（嫌だったかな）

慌てて、千尋は手を離した。

「大丈夫だ。昔のことだから、もう痛みはない」

　何かに耐えるような瞳になって、櫂が言う。

「そっか……。傷、消えるといいな」

「そうだな」

　呟いて、櫂は少し眩《まぶ》しげに千尋の顔を見下ろした。

「ん……？　なんだよ？」

「おまえ、かなり睫毛《まつげ》が長かったんだな。それに髪の色……俺の記憶にあるのより金茶っぽくなったな。こんな色だったか？」

「はあ？　なんだよ、それ？」

　櫂がいきなり何を言いだしたのか、よくわからない。

「いや……なんでもない。……昨日は久しぶりに熟睡した」

　そう言われて、昨夜のことを思い出し、千尋は妙に気恥ずかしい気持ちになった。

　子供のように怯《おび》えて、櫂にくっついて眠ってしまった。

（情けねえ……）

「もう言うなよ。昨日のことは、オレも反省してる。……暗いし、知らないとこだし、すげえ不安でさ」

「抱いて寝るくらいなら、いつでもやってやる」

悪戯《いたずら》っぽい瞳になって、耀が微笑んだ。

「もう……。からかうなよ」

千尋は、なぜだか火照《ほて》りはじめた頬《ほお》をこすった。

それから、部屋の隅に見慣れたジーンズとTシャツ、コーデュロイシャツが畳んで置かれているのに気づく。その側に、見覚えのない茶色の布包みもあった。

「あ、オレの服！」

「さっき、水浴びして戻ってきたら、姜尚がおまえに渡せと言って置いていった。その隣のは、こっちの世界の男物の服だ」

耀の声を背中で聞きながら、千尋は自分の服に駆けよった。

もとの世界につながるものは、どんな些細《ささい》なものでも貴重な気がする。

「着替えるなら、茶色のほうにしておけ。目立たないほうがいい」

「あ……うん……」

少し迷って、茶色の包みを解き、服をとりだす。木綿だろうか。やわらかな茶褐色の生地で、チュニックのような上着と同じ素材のズボンのようなものが出てきた。色糸で刺《し》繍《しゅう》をほどこした帯らしいものもついてきた。

「これ、どうやって着るんだよ？」

ボタンやスナップがついていないので、よくわからない。

立ちあがり、上着を手にして首をかしげていると背後に櫂が立つ気配があった。

「とりあえず、脱げ」

櫂が後ろから手をまわし、千尋の赤い衣装を脱がせはじめる。やけに慣れた手つきだ。

（お……大人じゃん）

「ちょっと！　やらしいよ！　なんだよ、この手は⁉」

器用に帯を解かれながら、千尋は櫂の手を押さえた。櫂が苦笑する気配がある。

「自分で脱げるのか？」

「うるせえ！　放せってば！　脱がすな！」

「おまえが意識しすぎなんだ、バカが」

ギャアギャア騒いでいた時だった。

「姫、そろそろお目覚めの時間……」

声とともに、叔蘭が洞窟のなかに入ってきた。

ギョッとして、千尋は叔蘭のほうを見た。

叔蘭は目をまじまじと見開き、千尋を見、櫂を見た。銀髪の巫子《ふし》の顔に「おやおや」と言いたげな笑みが浮かんだ。

「これは失礼しました。おとりこみ中でしたか」

（ちょっと……！　なんか誤解してる！　誤解っ！）

焦って、千尋は櫂から離れた。耳がカーッと熱くなってくる。

「この服がうまく脱げねえんだよ」

憮然として言うと、叔蘭が微笑んだ。

「それでは、私が脱がせてさしあげましょうか」

(おまえもか!)

「いらねえ! 一人でやる!」

叔蘭は呆気《あっけ》にとられたように千尋を見、クスクス笑いだした。

「可愛いかたですね」

櫂がチラリと叔蘭を見た。どことなく、牽制《けんせい》するような目つきだった。

「叔蘭、俺はよく知らないんだが、巫子というのは結婚できるのか?」

いきなり、何を言いだすのだろう。

叔蘭は、穏やかな視線を櫂にむけた。

「妻帯はできません。生涯を神獣に捧《ささ》げて、独り身で生きるのが決まりです」

(こんなに美形なのになあ……。もったいねえ)

千尋は、目を瞬《しばたた》いた。

叔蘭くらいのルックスがあれば、相手は選び放題のはずなのに。

そういう決意をするにいたった理由を知りたいような気もしたが、立ち入ったことを訊けば、叔蘭たちの活動に深入りすることになりそうだ。

「清らかな聖職者というわけか。でも、本当は隠れて、こっそり遊んでるんじゃないのか？　未経験ってことはないだろ？」

少し意地の悪い目つきになって、糴が尋ねる。

怒るか、きっぱりと否定するかと思ったが、叔蘭は穏やかに受け流す。

「さあ……どちらとでも、お好きなように」

糴は、ほう……と言いたげな顔になった。まさか、叔蘭がそういうふうに答えるとは思っていなかったらしい。

叔蘭は、からかうような瞳になった。

「糴殿もずいぶん遊び慣れておいでのようですね。色子《いろこ》を買ったりなさるのですか？」

「いや、そこまで不自由はしていない」

糴は、あっさりと答えた。

（なんだろう……。わかんねえぞ、今の会話）

千尋は、首をかしげた。

「いろこってなんだ？」

糴が叔蘭のほうをじっと見、口もとにかすかな笑みを浮かべてみせた。

「説明してやれよ、巫子殿」

「桃花姫のお耳に入れるようなことではありません」

穏やかな表情で、叔蘭が答える。

「なんだよ。隠されると気になる。いろこってなんだ?」

叔蘭は、千尋には教えたくないようだった。

だが、じっと目で催促すると、渋々ながらに口を開く。

「色を売る男性です。たいていは、十代の少年です」

「はあ?」

(なんだよ、それ? 色を売るって……まさか、そういう意味か⁉)

千尋は、櫂と叔蘭の顔を交互に見た。

櫂は憮然とした表情になる。

「だから、俺は買ってないぞ。そういう趣味はない」

「あ……当たり前だ!」

買っていると言われたら、どんな顔をしていいのかわからなくなる。

「でも、この世界じゃ、そういうのって、よくあることなのか?」

「さあ……。叔蘭なら、くわしいかもしれないぞ。妻帯禁止でも、色子は別腹というのはよくある話だ」

櫂はニヤリとして言い、手をのばして千尋の肩を抱きよせた。挑戦的な目つきで、じっと叔蘭をながめる。

（え？　買ってるのか？）

目を皿のようにして、まじまじと見ると、叔蘭は深いため息をついた。

「櫂殿の性格が悪いのは、よくわかりました。私は色子を苦界《くがい》から救いたいと思いこそすれ、買いたいと思ったことは一度もありませんよ」

「それならそうと早く言え。いらん心配をしてしまった」

櫂の言葉は、千尋にはさっぱりと意味がわからない。

（なんなんだよ？　二人だけで、わかる会話して……）

「私は、神獣と桃花姫にお仕えする巫子です。荊州侯《けいしゅうこう》なき今は、私の主《あるじ》はただ一人、千尋さまだけです。ご心配にはおよびません」

やんわりと、叔蘭が答える。

櫂は「だから心配なんじゃないか」とブツブツ言っていたが、千尋が居心地悪そうにしているのに気づいて、頭をくしゃっとしてくれた。

「大丈夫だ、千尋。叔蘭は悪い奴じゃなさそうだ。純粋無垢《むく》で、桃花巫姫を一途《いちず》に信じているような男なら危険だと思ったが、まあ、適度に汚れているようだから心配はいらん。ああ見えて、根は誠実だろう」

「まあ……櫂がそう言うなら」

（信用してみてもいいかな）

千尋は、叔蘭のほうを見た。叔蘭は、千尋の視線に苦笑した。

「善き守護者を側においていらっしゃいますね、姫は。護《まも》りは堅いようで、私も安心いたしました」

「こいつは、蓬萊国の基準からいっても上物《じょうもの》だからな。よけいな手をだされないように、護りは堅めておかないと」

「なるほど」

千尋にはわからないところで、男たちはわかりあったようだった。

＊　　＊

食堂兼集会室に使われている洞窟に行くと、姜尚が卓のむこうの壁際でパンダの腹を枕にして眠っていた。

千尋は、茶褐色の服に着替えている。紐《ひも》をどうやって結ぶのかわからなくて、結局は櫂にやってもらったのだが。

「さて、これからどうなさいますか？」

卓の前に座った千尋たちに、茶色い餅《もち》のようなものを差し出しながら叔蘭が尋ねてくる。

　櫂の話では、「胡芋《ごいも》」とかいう芋の一種で作った餅らしい。なかには、胡桃《くるみ》のような香ばしい木の実が練りこまれている。

　千尋と櫂は、顔を見合わせた。

　櫂が口を開く。

「遺跡に戻ってみようと思う」

「遺跡……ですか？」

「ああ。平按の近くの遺跡から、俺たちの世界に戻れるかもしれない」

　櫂の言葉に、叔蘭は少し寂しそうな目になった。

「そうですか。戻る道を捜されますか。……一緒に来てはくださいませんね」

「すみません。手助けしてあげたいですけど……でも……オレ、親にも会いたいし……。突然来たから、みんな、心配していると思うんです」

　口にしてから、あらためて心配になった。

　夜中に姿を消した自分は、行方不明ということになっているかもしれない。警察に届けられたり、ニュースになっている可能性もある。

　父親は仕事を休んで、捜しまわってくれているだろうか。母親は泣いてばかりいるかもしれない。

い。

（そうだ。燿の家だって……）

近所の幼なじみが二人そろって行方不明では、どんな騒ぎになっているかもわからない。

帰らなければと思った。

「燿殿とご一緒に行かれますか？」

叔蘭は責めるでもなく、穏やかな表情で尋ねてきた。

「はい……」

「では、安心ですね。……燿殿、姫……いえ、千尋さまをお護りください」

燿が、ふっと眉根《まゆね》をよせた。

「止めないのか？」

「お二人を異世界からお連れしたのは、私です。責任は感じております。お二人にも人生があり、ご家族がおられる。そのことに考えがいたりませんでした。お許しください。ともに戦っていただきたい気持ちはありますが、それを強制することはできません」

深々と頭を下げられ、千尋は困ってしまった。

叔蘭は叔蘭なりに、一生懸命やったことなのだろう。

たしかに、呼びだされた自分たちにとっては迷惑なことだったけれど。

「謝らないでください。……オレだって、卑怯《ひきょう》なのかもしれない」

呟いて、千尋はうつむいた。

肩に、そっと櫂の手がかかる。

「誰が悪いわけでもない。こういう国があるのが悪い。叔蘭」

呼びかけられて、巫子は顔をあげた。泉のように澄んだ瞳が櫂を見返す。

櫂もまた、静かな視線を叔蘭に注いだ。

「手伝えなくて、申し訳ない。俺は短い期間だが、この国を見てきた。俺なりに思うところもある。だが……千尋を帰してやりたい。すまん」

叔蘭は、かすかに笑った。

「そのお気持ちだけで、充分です。私は一つの道に賭《か》けました。しかし、それは今、潰《つい》えました。それでも、望みは捨てず、また別の道を探ってまいりましょう。ご迷惑をおかけしたことは、重ねてお詫《わ》び申し上げます」

もう一度、穏やかに頭を下げ、叔蘭は水や食料の準備をすると言って洞窟を出ていく。

千尋は胡芋の餅を飲みこみ、ため息をついた。

「いっぺん戻って、昼間は学校行って、夜だけ来るとかできればいいのに」

櫂が木の椀《わん》から水を飲みながら、横目で千尋を見た。

「そんなに簡単にいくか」

「そうだよな……」

千尋は、明かりの射し込む洞窟の上のほうを見上げた。

「でも、やっぱ、ちょっと後味悪いな。なんか手伝ってからのほうがいいかも……」

言いかけた時だった。

「そんなハンパな気持ちで残られても、迷惑だ」

姜尚の声がした。

ギョッとして、見ると、姜尚がパンダの腹にもたれたまま、薄目を開けている。

(聞いてたのか)

擢は驚いた様子はない。とっくに姜尚が起きていることに気づいていたらしい。

「姜尚さん……起きてたのか……」

「うとうとしてたとこだ」

姜尚は起きあがり、二人のいる卓のほうに近づいてきた。パンダも愛くるしい足どりで、姜尚を後追いしてくる。

擢は素知らぬ顔で、胡芋餅を齧《かじ》っている。

姜尚は腕組みして、千尋と擢を見下ろしてきた。

「正直、桃花姫の戦力は貴重だが、それもおまえが俺たちに協力する気があっての話だ。投獄されるかもしれない、命を落とすかもしれない状況で、覚悟のない奴まで護りきれねぇ」

厳しい言葉に、千尋は目を伏せた。

たしかに、そこまでの覚悟を要求されると、こちらもつらい。

「いい機会だから言っておく。おまえらは異世界の人間だ。陰の気がどれほど怖ろしいか、神獣がどれだけありがたいものか、肌身で感じたことはないだろう。だから、神獣のために命を投げだそうとも思わないはずだ」

「それは……そうだけど……」

「伝説の桃花姫が旅団に加わるとなれば、大喜びする仲間もいるだろう。そいつらに期待させておいて、後でがっかりさせるような真似はしてほしくない。……桃花姫はこの世界の闇を照らす、たった一つの光であり、人々の希望だ。だが、おまえにそういうものになれと強制はしない。帰って、一介《いっかい》の学生として生きるのも、おまえの自由だ。しかし、もし、いつかおまえが桃花姫として生きる気になったら、その時は俺は命を懸けておまえを護る。それだけは約束しておく」

姜尚の声は突き放すでもなく、引き止めるでもなく、淡々としている。

「姜尚さん……」

もっと罵《ののし》られるのかと思っていた。

(大人なんだ……この人は)

無理やり仲間にしようとしたり、説得しようとしたら、嫌いになっていたかもしれない。

だが、こんな対応をされたら、嫌いになることはできなかった。

「すみません。オレ……」

なんと言っていいのかわからない。

ただ、頭を下げた。

姜尚がふっと笑う気配がした。

「そんな辛気《しんき》くさい顔をするな。俺たちはどんなに厳しい状況のなかでも、未来を信じて、明るく朗《ほが》らかに戦っていくつもりだ。きつい顔をして、苦行みたいなことをするのは性《しょう》にあわん。旅団の連中には、つらい時こそ笑えと言ってある。だから、おまえもここを出ていく時は機嫌のいい顔で出ていけ。今のおまえにできるのはそのくらいだろう、千尋」

やわらかな声が、千尋の名を呼ぶ。

（いい人だ……。やっぱり、リーダーになるだけの人だ）

千尋は何度か目を瞬き、笑顔を作った。

姜尚も微笑んだ。釣りこまれて笑ってしまいそうになる、感じのいい笑顔だった。

「よし、笑ったな。気をつけて帰れ。むこうの世界でも息災《そくさい》で暮らせ」

「はい。姜尚さんも。……オレ、姜尚さんのことは忘れません。叔蘭さんのことも。あの神獣のことも」

　神獣のことを思うと、胸のどこかがチクリと痛んだ。

　また千年、飲まず食わずで耐えるのだろうか。あの美しい獣は。

（オレ以外に、本物の桃花姫がいねえんだろうか。誰かが、あいつの世話をしてくれるといいんだけど……）

　しかし、それは今の千尋にはどうすることもできないことだった。

　櫂が食事を終え、立ちあがる。

　いつの間にか、戸口に叔蘭が立っていた。手に布の袋を二つ持っている。

「半日分でいいかと思いましたが、念のため、二日分入れました。もし足りなくなったら、平按の我々の隠れ家までおいでなさい。場所は、千尋さまがご存じですね。姜尚さまと私は今日中に柏州に旅立ちますが、仲間たちにはあなたたちのことは伝えておきます。我々の味方だから、助けてさしあげるようにと」

　差し出された袋を、千尋と櫂は受け取った。

「ありがとうございます、叔蘭さん。姜尚さんも」

「感謝する」

　二人はそれぞれの言葉で礼をのべ、パンダに途中まで見送られて洞窟を後にした。

「いい人たちだったな」

馬の背中で、千尋は呟いた。

＊　＊

青い鬣《たてがみ》の馬は櫂が口笛で呼ぶと、どこからともなくやってきたのだ。

洞窟を出てから、一時間はたったろうか。

今日も陽射しは強いが、食料の袋のなかに叔蘭が水の革袋を入れてくれたおかげで、さほどつらくはない。

「そうだな」

背後で、ボソリと櫂が言った。

「柏州にむかうって言ってたよな。柏州って……大学のある場所だっけ？」

「そうだ。梧州《ごしゅう》にもあるが、柏州のほうが有名だ。柏州の大学は、柏州の府城《ふじょう》……県庁所在地の臥牛《がぎゅう》の街にある。街の南には横になった牛のような形の山があって、それが臥牛山と呼ばれている。海も近いから、東の航路をまわって船で入る気だろう」

淡々とした口調で、櫂が答える。

「そっか……。もう会うこともねえよな。明るく朗らかに……だっけ。うまくいってほしいよな」

「難しいだろうな」

　櫂は、短く答えた。

「え？　なんで？」

　千尋は、振り返って櫂の顔を見た。櫂は厳しい表情をしている。

「柏州の大学が、蓬莱王に対する抵抗運動の拠点だ。大学の敷地の奥には神獣の祠《ほこら》もある。蓬莱王は、そこを叩《たた》こうとしている。だから、あいつらは大急ぎで戻っていったんだ。仲間たちと祠を護る戦いに加わるために」

「マジ……？　それって、ひょっとして、戦いで負けたら……」

「祠は破壊され、あいつらは牢《ろう》に入れられる。反逆罪は軽い罪じゃない。大貴族どもの強硬論が通れば、そのまま死罪だろうな」

　千尋は、息を呑んだ。

　それでは、あれが最後の別れになってしまうのだろうか。

　頭のなかで、叔蘭と姜尚の言葉がぐるぐるしていた。

　――お二人を異世界からお連れしたのは、私です。責任は感じております。お二人にも人生があり、ご家族がおられる。そのことに考えがいたりませんでした。お許しください。

——私は一つの道に賭けました。しかし、それは今、潰えました。それでも、望みは捨てず、また別の道を探ってまいりましょう。

——俺たちはどんなに厳しい状況のなかでも、未来を信じて、明るく朗らかに戦っていくつもりだ。

どんなにか、二人は桃花姫の助けを必要としていただろう。

戦いの前に旅団の指導者と巫子が大学を離れ、わざわざ桑州《そうしゅう》に来たのは桃花姫を迎えにきたからではないのか。

だが、姜尚も叔蘭も千尋が帰るのを止めなかった。

桃花姫の助けなしで、蓬莱王と戦うつもりなのだろう。

(姜尚さん……叔蘭さん……！)

「どうしよう……耀……」

耀は無表情になって、じっと千尋の顔を見つめてくる。

「この国に残って、あいつらと一緒に戦うか？」

まさか、そんなことを言われるとは思わなくて、千尋はしばらく黙りこんでいた。

どうしていいのかわからない。

残ることができないはずなのに、残らないことが後ろめたいような気がする。

もうとっくに結論は出したはずだったのに。

耀は千尋の返答を待つように、ずっと黙っている。

「残れねえよ……。だって、一生こんなとこなんて無理だ」

ようやくのことで、千尋は言葉を絞りだした。

「だったら、あいつらのことは気に病むな。あいつらだって、わかってる」

耀の声は、優しかった。

「そうかな……」

「そうさ。あいつらは大人だ。おまえの立場もちゃんとわかってくれている。今頃は気持ちを切り替えて、戦いにむかっていっているだろう」

「だといいけど……」

(死なないでほしいな)

千尋は、馬の青い鬣をながめた。

それきり、二人は黙りこんだ。

＊　　＊

洞窟を出てから二時間ほどで、馬は遺跡にたどりついた。

「つ……疲れた……」

馬から転げ落ちるようにして下り、千尋は円柱の陰に転がった。

慣れない長時間の乗馬で、足も腰もギシギシいっている。落ちないようにバランスをとりながら乗るというのは、意外に体力を使うものだ。

燿が慣れた動作で馬から下り、へとへとになっている千尋を見て笑った。

「どうした、陸上部？」

「うるせえ。走るんなら負けねえよ」

そういえば、昨日も今日もいつもの走りこみをしていないことに思い至る。

二日くらいのブランクならいいが、長引けば記録に影響が出る。

（でも、今日は無理……）

ハァハァいっていると、燿が隣に座った。

「陽に焼けたな」

すっと手がのびてきて、額にかかる前髪をかきあげてくれる。

千尋は目を細め、燿の顔を見上げた。

「どこで焼いてきたんだって思われるかもしれねえな、帰ったら」

「そうだな」

燿はふっと瞳だけで笑って、手を離した。

（あ……）

千尋は、ドキリとした。

自分は陽焼けを気にしている程度だが、燿は五年分、長く生きている。この年齢差をどうしよう。

帰ったら、もとに戻るのか。戻らないとしたら、燿はどうなるのか。

思わず、千尋は起きあがった。

(燿……)

そんな千尋の不安を読みとったように、燿は低く言った。

「気にするな。なんとかなる」

「そう……かな。そうだよな。きっと、むこうに戻れば、もとの高校生になれるって」

懸命に言うと、燿の瞳がかすかに揺れた。

「ああ、きっとな」

白い遺跡のなかを風が吹き過ぎていく。

それは不思議な光景だった。

幼なじみが五歳年上になって、異国ふうの革鎧《よろい》を身につけ、剣を持ち、白い円柱の傍《かたわ》らに座っている。

(これ、夢じゃなくて現実なんだよな……)

千尋は、自分の服を見下ろした。茶褐色の民族衣装。足もとだけはこちらの世界の靴がなかったので、白いスニーカーだ。

どっちつかずの格好で、両足はまだ自分の世界に属している。

これが今の自分の現実。

(帰ろう。オレはここに残っても何もできねえ)

千尋は立ちあがり、燿の目をじっと見た。

燿もうなずき、立ちあがる。

「行こうか」

「ん……」

大きく息を吸いこみ、千尋は燿と肩を並べて歩きだした。

遺跡の奥、運命にむかって。

＊　　＊

目指すものは、半ば崩れかけたすり鉢状の広場にあった。

広場の一番底に水の涸《か》れた池があり、池の真ん中に白い石の扉が一つ立っている。

「なんだよ、あれ?」

千尋は、目を瞬いた。

まわりの建物は崩れたのか、扉しかない。

「あそこがゲートのはずだ。たしか、攻略本では〈五行《ごぎょう》の門〉といっていたかな」

「マジ？　でも、扉しかないじゃん」

「あれを開けば、別の世界……ここでは俺たちの世界への通路が開く。ゲームだと、このへんに〈記録樹〉があったんだがな。さすがに、ないか」

〈記録樹〉がないということは、ここでゲームのデータを記録して、都合が悪くなったら、この時点からやりなおすことができないということだ。

リセットのきかない世界。

それとも、まだ見つけていないだけで、この世界のどこかにあるのだろうか。

何度でも、冒険のやりなおしのきく不思議な場所が。

耀が階段を下り、すり鉢の底まで移動していく。

千尋も石段から石段へピョンピョンと跳び移りながら、耀の後を追いかけた。

「どうやってゲート開くんだよ、耀？　まさか、普通にドア開く気じゃねえよな？」

「それしかないと思うが」

耀は、白い扉に近づいていく。

その時だった。

何かの気配に気づいたように、耀が素早く後ろを振り返った。

（え？　何？）

数秒遅れて、すり鉢の縁のあたりに赤銅色の髪の美丈夫が現れた。立派な銀色の鎧を身につけ、兜《かぶと》をかぶり、腰に剣を佩《は》いている。

その後ろに、数人の兵士の姿もある。

「いました、趙《ちょう》隊長！」

「捕まえろ！」

美丈夫――朱善《しゅぜん》が兵士たちの先頭に立って、猛スピードで階段を駆け下りてくる。

（やべえ。見つかった！）

千尋と櫂は目と目を見合わせた。

櫂が「来い」と低く言って、扉に駆けよった。

（でも、開けてもむこう側が見えるだけだろ？　逃げたほうがいいんじゃ……）

それでも、千尋は櫂を追いかけた。自分だけ逃げて安全な場所に行ってもしょうがない。

「待て！　そこの二人、待てい！」

朱善が顔を真っ赤にして突進してくる。

櫂はためらわず、扉のノブをつかんで引いた。

（え……!?）

開いた扉のむこうには、ただ虹色《にじいろ》の光が渦巻いている。

こんなものが現実にあっていいのだろうか。

「千尋、一、二、三で行くぞ！　捕まれ！」

櫂が手をのばしてくる。慌てて、千尋はその手をつかんだ。

「一、二、三！」

櫂の叫びと同時に、虹色の光にむかって身を躍《おど》らせる。怖いと思う暇さえなかった。

「待て！」

「止めろ！」

慌ただしい叫びに交じって、荒っぽい足音と鎧のガチャガチャいう音が近づいてくる。

「待て！」

同時に、誰かが後ろから光の渦《うず》に飛びこんでくるのを感じた。

「やめろ！　入るな！」

櫂が振り返り、叫んだようだった。

次の瞬間、虹色の光が膨れあがり、千尋と櫂を包みこんだ。

第四章　鵬雲宮《ほううんきゅう》の支配者

閉じた目蓋《まぶた》に光があたっている。

（ん……。もう朝……？）

千尋《ちひろ》は、目覚まし時計を手探りした。

しかし、手に触れたのはざらっとした土の感触だった。

（なんで？）

ハッとして目を開くと、快晴の空と緑の木々が目に飛びこんできた。木の枝に、千尋の知らない植物が炎のような不思議な形の赤い花を咲かせている。どうやら、庭園のようだ。

（ええっ!?　櫂《かい》は!?）

慌てて飛び起きると、すぐ側《そば》に赤銅色の髪の美丈夫が呆然《ぼうぜん》と座っていた。異国ふうの銀色の鎧《よろい》を身につけ、兜《かぶと》をかぶっている。

櫂の姿はどこにもない。

（うわ！　やべえ！　オレを追いかけてきた奴！）

美丈夫が千尋を見た。水色の目がカッと見開かれる。

「貴様……！」

「うわあ！」

焦りながら、千尋は立ちあがり、逃げだした。

帰れると思ったのに、どうして、こんなところにいるのかわからない。

背後から、美丈夫が追いかけてくる。

「待て！　貴様！　待たんか！」

（待たねえよ！）

木々のあいだをぬけていくと、中国ふうの大きな石造りの建物の前にでた。屋根は赤茶色の瓦《かわら》で葺《ふ》かれ、赤い円柱が規則的に立っている。建物のまわりをとり囲むように、回廊がつづいていた。

強い陽に照らされて、むせかえるような緑の匂《にお》いが立ち上っている。

（やべえ。行き止まりだ。どっち行けばいいんだ？　それに、櫂は？）

迷っていると、肩に美丈夫の手がかかった。

「逃がさんぞ」

（やべ……！）

その時、左手のほうから、綺麗《きれい》な女の声がした。

「誰か、そこにおりますか？」

美丈夫がハッとしたように声のほうを見、素早く地面に両膝《りょうひざ》をついた。

陽に焼けた頬《ほお》から、血の気が引いていた。

（なんだ？　どうしたんだ？）

千尋には、何が起きたのかわからない。

まだ逃げようか、どうしようかとためらっていると、玉《ぎょく》が鳴るかすかな音とともに、左手の回廊のほうから小柄な美女が歩みだしてきた。

目が大きく、鼻がつんと尖《とが》っていて、どことなく猫を思わせる顔だちだ。高く結いあげた漆黒の髪に、金と真珠の釵《かんざし》が揺れている。薄い唇を紅で塗りつぶし、目のまわりをくっきりと黒く隈取《くまど》った顔は十代なのか二十代なのか、千尋にはよくわからなかった。

身につけているのは、緑と白と薔薇色《ばらいろ》の襦裙《ころも》だ。なよやかな細い腰に豪華な緑と金の帯を締め、佩玉《はいぎょく》を飾り、手に緑と紫の扇を持っている。

（すげえ……美人……）

「これは……香貴妃《こうきひ》さま、お許しください。事故でございます。どうか、寛大なご処置を」

硬い声で、美丈夫が謝罪する。

どうやら、香貴妃と呼ばれた女は身分の高い姫のようだ。

（……で、ここ、どこよ？）

ぼーっとしていると、美丈夫に服の裾《すそ》を引っ張られた。

「跪《ひざまず》け。何をしている」

「え……？」

美丈夫は苛立《いらだ》ったように、小声でささやく。

「香貴妃さまは主上《しゅじょう》……蓬萊王陛下の寵妃《ちょうひ》で、ここは後宮の庭だ。男子禁制だぞ。下手をすれば、斬首《うちくび》はまぬがれん」

「マジ⁉」

（なんで、こんなとこに飛ばされちまったんだよ⁉）

焦りながら、千尋もその場に両膝をついた。

香貴妃がそんな二人を見、形のよい眉《まゆ》をひそめた。

「事故と申しましたね。その狼藉者《ろうぜきもの》を追ってきたのですか、左中郎《さちゅうろう》？」

怪訝《けげん》そうに尋ねる声さえ、鈴の音のようだ。

（狼藉者？　オレが？　いや、違うぞ……）

千尋は、必死に首を横にふった。

「違います！　オレは自分の世界に戻ろうとしただけで……！　こんなところに飛ばされ

るつもりはなかったんです！　お願いです！　櫂を捜させてください！」

「口を閉じろ、無礼者めが。貴様のようなものが、軽々しく話しかけてよいおかたではないぞ」

美丈夫――趙朱善《ちょうしゅぜん》が千尋を睨《にら》みつける。

「よいのです、左中郎。……そなたの名は？」

「千尋。姓は小松《こまつ》です」

香貴妃は形のよい眉をあげ、じっと千尋を見た。

「ちひろ……。変わった名ですが、異国の者ですか？」

「異国……というか、異世界だと思うんですけど」

「異世界？　面白いこと」

香貴妃は扇を口もとにあて、少し笑った。千尋の言葉を本気にしているようには見えなかった。

「それでは、異世界からきたそなたはなぜ、このような場所に入ってきたのです？」

「わかりません。オレも……あの……櫂と……友達と一緒に扉をくぐって、自分の世界に戻ろうとしたんですけど、気がついたら、ここに倒れてて。すみません。入ってくる気じゃなかったんです」

千尋は一生懸命、頭を下げた。

（冗談じゃねえよ。後宮なんて！　オレ、好きで入ってきたんじゃねえのに！）

「香貴妃さま、私も同じ扉をくぐり、ここに飛ばされてきたようでございます。不思議なことでございますが、飛ばされる直前までは平按《へいあん》の近くの遺跡におりました」

恭《うや》しい口調で、朱善が言う。

香貴妃は長い睫毛《まつげ》の下から、不思議そうに朱善を見た。

「遺跡……ですか？」

「先史時代の遺物と聞き及《およ》んでおります。私は主上の命《めい》を受け、その遺跡でこの者の捜索にあたっていたのでございます」

（マジ？　オレ、やっぱ、捜されてたんだ。どっちにしても、このままだと殺されちまうのか？）

千尋はゴクリと唾《つば》を呑《の》みこみ、あたりの様子をうかがった。

逃げ道がわからない。

（どうしよう……）

香貴妃は今までとは違った瞳《ひとみ》で、千尋を見下ろした。赤い唇に艶《なま》めかしい笑みがかすめる。

「そう。主上のお目にとまった少年でしたか。そういえば、綺麗なお顔をしておいでだこと」

声には、からかうような響きがある。

朱善は目を伏せ、低く言った。

「そのようなご懸念《けねん》はご無用かと存じます。この少年は、主上の御前を遮った狼藉者でございます。いずれ、相応の処分が下されると存じます」

「主上の御心《みこころ》が、誰《たれ》にわかりましょう」

クス……と笑って、香貴妃は左手のほうを扇で示した。

「さ、お行きなさい。そちらの戸口には衛士《えじ》はおりません」

「逃がしてくれるんですか？」

てっきり捕まえられて、ひどい目にあわされると思ったのに。

「妾《わらわ》は何も見ませんでした。そなたたちのことも存じません」

涼しい瞳で千尋たちを見、寵姫は扇を口もとにあてた。

「ありがとうございます」

千尋はペコリと頭を下げ、香貴妃の示したほうに駆けだした。

「ご恩情に深く感謝いたします。失礼いたします」

背後で朱善の硬い声がして、足音が追いかけてきた。

肩ごしにチラリと見ると、朱善が苦虫を噛《か》みつぶしたような顔で「早く行け」と合図をしてきた。

二人は人気《ひとけ》のない楼閣の側を通り、無人の門をいくつかくぐりぬけ、やがて小さな中庭に出た。

中庭には池があり、数羽の鴛鴦《おしどり》がのんびりと水をかいていた。

どうやら、後宮は池のむこうで終わったようだ。

「冷や汗をかかせてくれたな」

朱善がボソリと言い、うんざりしたような顔で千尋を見下ろした。

「ところで、貴様に訊《き》きたいことがある」

「なんだよ？」

「貴様と一緒にいた若者は、どこに行った？」

眉根をよせて、千尋は朱善の顔を見上げた。

「知らねえよ。オレだって、早く櫂と合流してえよ」

「かい？　あの者の名はかいというのか？」

怪訝そうな口調で、朱善が尋ねてくる。

「そうだよ。尾崎《おざき》櫂。オレの親友だ。オレたちは、一緒にこの異世界に飛ばされてきたんだ」

朱善は戸惑ったような表情で千尋を見、ふっと笑った。

「そうか。大変だったな。……で、生まれはどこだ？」

「東京だけど」

「とう……きょう？　聞いたことのない土地だな」

「異世界だからな」

ボソッと言うと、朱善はため息をついた。

「見たところ、流民《るみん》ではないようだが、親はどうした？　はぐれたのか？」

「だから、親は東京にいるって」

「…………」

朱善は頭を掻《か》いた。それから、千尋の目の前に指を三本出してみせる。

「これが何本かわかるか？」

（オレが異世界からきたって、信じてねえのか……）

それも無理はないかもしれない。

千尋だって、いきなり、こんな話を聞かされたら相手の正気を疑うだろう。

「三本だろ。……いいよ。オレ、自力で櫂、捜すから」

とにかく、櫂と合流しなければと思った。

しかし、歩きだそうとした千尋の肩を朱善がぐいとつかんだ。

「待て。勝手にうろつかれては困る。鵬雲宮《ほううんきゅう》のこのあたりは、迷路のようになっている。迷った挙げ句、また後宮に紛れこまれては俺の責任問題になる。来い」

「行か……ねえっ！」

千尋は両足に力をこめ、その場にしゃがみこもうとした。

しかし、太い腕であっさりと胴を抱えあげられてしまう。

「放せ！　バカ野郎！　放せ！」

「軽いし、細っこいな。栄養が足りておらんぞ、小僧」

朱善が千尋を押さえこみながら、つまらなそうに言う。

「るせーな！　ウェイト重すぎたら走るのに邪魔だろうが！」

「うえ……？　なんだと？　わけのわかんことを言うな」

「いいから、放せよ！」

「少し黙れ」

言葉と同時に首の後ろに衝撃が走り、千尋は何もわからなくなった。

＊　　＊

数時間後、鵬雲宮の奥まった扉が開き、長身の武将――趙朱善が入ってきた。

「主上はおいでか？」

ここは蓬莱王の私室だ。奥に、王の寝所といずれ娶《めと》るはずの正妃の閨《ねや》がある。

三公といえども、勝手に立ち入ることは許されない。

しかし、朱善は王から特別に、寝所の手前にあるこの房《へや》までは立ち入ることを許されていた。

花瓶を抱えて寝所から出てきた若い女官が足を止め、朱善をまじまじと見た。

「まだ、桑州《そうしゅう》から戻られておられません。……趙殿は、いつお戻りになられました？」

「俺はたった今、戻ったところだ。主上はおられぬのか。ならばいい。……俺の考えすぎだったようだ」

朱善は、ため息をついた。

女官は不思議そうな顔で朱善を見、小首をかしげた。

「どうかなさったのですか？」

「いや、なんでもない。……主上がお戻りになられたら、伝えてほしい。お捜しの少年は趙朱善が捕らえ、西陽殿の牢《ろう》に入れてございますと」

「かしこまりました。お伝えいたします」

「うむ。頼んだぞ」

朱善は軽く目礼し、軍人らしい足どりで王の私室を出ていった。

足音が遠ざかり、完全に消えた頃、女官はため息をつき、花瓶を窓際の小さな卓に置いた。

「主上、これでよろしゅうございますか？」

ややあって、寝所のほうから、よく響く美声が聞こえてきた。

「ご苦労。あと二日、余は留守ということにしてくれ」

「かしこまりました。あと二日のあいだは、こちらにおいでですか？」

「いや、城下《まち》に出る」

淡々とした声が返ってくる。

女官は、眉をひそめた。

「まためでございますか？　司馬《しば》殿と丞相《じょうしょう》殿に知られたら、お叱《しか》りを受けますよ」

「そこを誤魔化すのが、そなたの腕だ。頼りにしておるぞ」

「主上はそうおっしゃれば、私が喜ぶとばかり思っておいでですわね」

「喜ばぬのか？」

からかうような声に、女官はため息をついた。

「主上は下々《しもじも》の真似事などなさらず、禁裏で政務に励んでくださるほうが私はうれしゅうございます」

「司馬のようなことを言う。……まあ、よい。せいぜい、そなたの手を煩《わずら》わせぬようにしよう」

やがて、寝所のほうから、月琴《げっきん》の音色が流れだしてきた。

戯《たわむ》れに爪弾《つまび》いているだけだが、それでも、よほどの名手の手になるものと知れる。

女官は仕事の手を止め、しばらく月琴の澄んだ音色に耳を傾けていた。

＊　　＊

千尋が捕らえられてから、六日が過ぎた。

その間、王都亮天《りょうてん》は快晴の日がつづいた。

（オレ……いつまでここにいるんだろう）

千尋は狭い窓の鉄格子に額を押しつけ、鵬雲宮の中庭を見下ろした。庭の南には大きな城門があり、そのむこうに役所らしい建物の瓦屋根《かわらやね》がいくつも建ちならんでいる。

今、千尋がいるのは広大な鵬雲宮の東にある四層の高楼だ。

最初は別の場所にある不潔な地下牢に押しこめられていたのだが、半日ほどで、ここに移された。

移される途中、看守からこの高楼は身分のある罪人を押しこめるところだと聞かされた。

たしかに、ここは窓があるぶん、空気が淀《よど》んで黴《かび》の臭《にお》いのする地下牢よりはずっとマシだった。六畳ほどの石の部屋は殺風景だったが、寝台には清潔な布団《ふとん》が敷かれ、三度の食事もきちんとしたものが出た。

しかし、一つの部屋のなかに捕らわれたまま、一歩も外に出ることができないのはやはり苦痛だった。

（櫂はどうしてるんだろう……。あいつも捕まっちまったのかな）

千尋は窓の下の壁にもたれるようにして、ずるずると座りこんだ。

このまま、殺されてしまうのだろうか。

殺されないまでも、一生ここに閉じこめられていたらどうしよう。

陸上部で記録に挑んでいた自慢の足が動かなくなり、やがては筋肉が落ち、走ることもできなくなるとしたら。

（そんなの、やだ……。帰りたい……）

唇が震えはじめる。

千尋は何度も目を瞬《しばたた》き、こみあげてくるものを飲み下した。泣いてはいけないと自分に言い聞かせる。

（櫂……）

その時だった。

下の階段を誰かが上がってくる足音が聞こえた。複数だ。

また、看守にどこかに連れていかれるのだろうか。

千尋は身を縮め、両膝を抱えこんだ。

あの足音が、自分のところに来るのでなければいい。

しかし、足音は近づいてきて、千尋の牢の前で止まった。

（やべえ……）

鍵が開く音がして、扉が開いた。

恐る恐る見ると、看守の隣にもう一人、千尋の知らない小柄な老人——司馬が立っていた。

（誰だ、こいつ……）

司馬の視線は無感動で、何を考えているのかよくわからない。鮮やかに青い瞳が、じっと千尋を見つめている。

「外に出しなさい」

「は……」

看守が緊張した面持ちで頭を下げる。司馬ほどの高官が、牢に足を踏み入れるのはめずらしい。

よほど子細《しさい》のある咎人《とがにん》なのかと、看守の目は言っている。

「オレをどうする気だ⁉　放せ！」

看守に引きずりだされながら、千尋は懸命に抗《あらが》った。

しかし、子供と大人ほども力の差があり、ほとんど歯が立たない。

「主上のご命令じゃ。浴堂殿で入浴させた後、御前にお連れする」

静かな声で、司馬が言う。

「蓬莱王が……⁉」

「主上と呼べい。この小わっぱが」

焦げ茶色の竹の笛でバシッと頭を叩《たた》かれ、千尋はキッと老人を睨《にら》みつけた。

（なんだ、この爺《じじ》いは）

「しゅじょーってなんだよ、しゅじょーって⁉」

「お上《かみ》という意味じゃ。いくら顔が可愛くても、口のききかたを知らん者は長生きはできぬぞ」

老人は、ニヤリと笑った。

「その……しゅじょーがオレになんの用だよ？」

そう言ってから、千尋は自分が桃花姫《とうかひめ》だと言われていることを思い出した。

（やべ……。オレは桃花姫じゃねえけど、瑞香《ずいこう》に触れるし、神獣も視《み》える。オレの力を悪用されたら、まずい……）

なんとしてでも、自分の力のことは隠さねばならない。

司馬は、笛で手のひらをトントンと叩いた。

「さて、主上のお考えはわしにもわからぬ。詮議《せんぎ》の結果、命が助かるようなら、わしがもらってやろう。安心せい」

「はあ?」

(もらうって?)

千尋には、意味がわからない。看守は「司馬様の悪い癖がまた始まった」と言いたげな顔をしている。

「放してやりなされ。自力で歩いてこさせるのじゃ」

「は……」

看守が手を離す。

司馬は千尋に「ついてこい」と言って、歩きだす。千尋が後ろから攻撃したり、ついていかなかったりする可能性はまったく考えていないようだ。

憮然《ぶぜん》として、千尋も老人の後から歩きだした。

「あのさあ……爺さん、何者?」

「秘書令《ひしょれい》じゃ」

それですべてが通じるだろうと言いたげな口調で言われ、千尋はカチンときた。

「わかんねーよ!　ひしょれいってなんだよ?」

司馬は肩ごしに振り返り、めずらしい動物でも見るような目で千尋を見た。

「そうか。おまえさんは、異国の人間じゃったな。わしはな、主上のお世話をする役所の長官じゃ。政務の補佐をしたり、主上の謁見の順番を決めたり、あちこちの役所から届く文書の管理をしておる」

「ああ、ひしょって、その秘書なのか。……でも、れいは?」

「令は長官ということじゃ」

言われてみれば、そんな雰囲気がある。

「へえ……」

「質問は終わりじゃ。行くぞ」

司馬は千尋の顔を見上げ、ふんと笑って歩きだした。

(こいつ一人なら、なんとかなるかも。隙《すき》をみて逃げだせば……)

ゴクリと唾を呑みこみ、千尋は司馬の後につづいた。

だが、高楼を下りはじめても、なかなか逃げるタイミングがつかめない。

＊　　＊

一時間後、千尋は真新しい絹の服を着せられて、庭の見える立派な建物の真ん中に座らされていた。上着は赤で、ズボンは白い。帯には細い金の糸で翡翠《ひすい》に似た小さな宝石や、キラキラと虹色《にじいろ》に光る透明な石が縫いつけられていた。

高楼を出て、石の廊下を歩きだしたとたん、四、五人の屈強な女官たちに拉致《らち》され、そのまま風呂《ふろ》に連れていかれたのだ。

阿鼻叫喚《あびきょうかん》で逃げようとしても、裸に剝《む》かれてゴシゴシ洗われてしまった。

かろうじて、股間《こかん》は死守したが、見知らぬ女の人たちに裸を目撃されたショックは大きかった。

司馬は笑って見ていた。

（あの野郎……）

涙目で、千尋は拳《こぶし》を握りしめた。

ここに連れてきた司馬は、千尋を紫檀《したん》の椅子《いす》に座らせ、房《へや》を出ていった。

風の吹きぬける房は、テレビで見た台北の故宮博物院やタイの王宮などを思わせる。

（……っていうか、なんで、オレ、こんなとこでおとなしく待ってるんだよ？　そうだ。逃げりゃいいいんじゃん）

千尋は立ちあがり、そーっと庭のほうに歩きだした。

湯上がりの上気した頰に、風が気持ちいい。栗色の髪は、まだ湿っている。

庭には棕櫚《しゅろ》のような木や白い小さな花を咲かせた灌木《かんぼく》が植えられており、甘い匂いが漂っていた。

(さて……どうやって脱出すればいいんだ?)

そう思った時だった。

藤《ふじ》のような蔓草《つるくさ》がからみついた四阿《あずまや》のなかで、人影が動いた。

(誰かいる……!)

ドキリとして、千尋は足を止めた。

それから、人影の顔をまじまじと見る。

どう見ても櫂だ。

(こんなところにいたんだ)

「櫂ーっ!」

千尋は、四阿にむかって駆けだした。

人影が顔をあげ、こちらを見る。

絶対に見間違えることはない、端正な顔。切れ長の黒い目。

千尋が着替えさせられたように、櫂もまた黄色い立派な袍《ほう》を身につけていた。裾は長く、足もとまで届く。袖《そで》も千尋の服より長く、手の甲まで隠れるほどだ。

長い黒髪は一つにまとめるのではなく、そのまま、垂らしていた。

「ここにいたんだ。よかった……! オレ、心配したんだぞ!」

駆けよって、見上げた時、千尋はかすかな違和感を覚えた。

どうして、櫂はこんなに冷たい目をしているのだろう。まるで、知らない人を見るような瞳だ。

「櫂？　どうしたんだ？」

もしかして、監視の人間がいるから、他人のふりをしているのだろうか。

千尋は、あたりを見まわした。しかし、人の気配はしない。

声をひそめて、千尋は尋ねた。

「見張られてるのか？」

それに対する応《こた》えはなかった。

（え？　聞こえなかったのか？）

そう思った時、いきなり強い力で肩をつかまれ、千尋は目を見開いた。

「痛っ……！　櫂、痛《いて》ぇよ！」

乱暴に引きよせられ、顎《あご》をつかまれる。

深々とのぞきこんでくる闇色《やみいろ》の瞳には、酷薄な光があった。

（違う……。櫂じゃねえ……。誰だ、こいつ……!?）

背筋が冷たくなってくる。

「ようこそ、桃花巫姫《とうかふき》殿」

櫂とそっくりの、しかし、圧倒的に強い力を秘めた美声がそう言った。

千尋の全身が総毛立った。

もし、これが櫂でないのだとしたら、目の前の青年はいったいどうやって自分のことを知ったのだろう。

神獣の祠堂《しどう》の側には、自分と櫂と姜尚たちしかいなかったはずなのに。

「おまえは誰だ……⁉」

「龍月季《りゅうげっき》。この国の王だ」

「蓬萊王……⁉」

「そう呼ぶ者もいる」

無慈悲な視線が、千尋の顔に注がれている。

千尋は、ただ呆然として蓬萊王——月季の顔を凝視していた。

耳の奥に、櫂の声が甦《よみがえ》ってくる。

——じゃあ、俺が蓬萊王で、おまえが巫子姫な。楽しみだなあ。

今はもう、ずっと遠い日のことに思われる、あの春の夕方。

「櫂！　やっぱり、櫂だろ⁉　オレのことを覚えてねえのか⁉　記憶なくして、オレのこと忘れてるんじゃねえのか⁉」

千尋は顎をつかむ手をふりはらい、逆にその手をつかんだ。

祈るような想いで、酷薄な闇色の瞳を凝視する。

しかし、そこには千尋を認めた印《しるし》はなかった。

「かい、などという者は知らぬ」

「でも、おまえは櫂だ……！」

こんなに似ているのに、別人ということがあるだろうか。

「違うと言っている」

面倒臭そうな表情になって、月季は千尋の手をふりほどき、建物のほうに歩きはじめた。室内《なか》に入るつもりらしい。

「待てよ！　櫂だろ！　絶対そうだ！」

千尋は、慌てて月季の後を追いかけた。

建物のなかに入れば、逃げられなくなるかもしれないという不安もあった。しかし、ここで離れ離れになれば、次にいつ再会できるかもわからない。

(櫂のはずだ……。オレの目は間違っちゃいねえ)

月季の後についていくと、千尋のまわりは宮殿の赤茶色の壁と石の床に変わる。

天井から白くて薄い紗《しゃ》の布が帷《とばり》のように垂れ下がり、そのむこうに贅《ぜい》を尽くした黒い房《へや》が現れた。

木の壁には上から下まで螺鈿《らでん》のような細工がほどこされ、光の加減でキラキラと青みがかった虹色に輝いて見える。

紗の帷がふわっと翻《ひるがえ》った。

「どこまで行く気だよ、櫂？　大丈夫か？」

黄色い袍の背中にむかって尋ねると、月季が足を止め、肩ごしに千尋を振り返った。

「かいではないと何度言わせる？」

「だって、顔がそっくりだし……。そうだ。おまえ、左肩に傷痕《きずあと》があるだろ？」

千尋は、瞳に力をこめた。

チェックメイト。いくら口で誤魔化しても、肉体に残る証拠を突きつけてやれば、逃げられはしないはずだ。

しかし、月季は「意地悪」としか形容のできない笑みを浮かべた。

「余にそんなものはない」

「嘘《うそ》だ！　見せてみろよ！」

つかつかと近づき、相手の左肩に手をかける。

月季は千尋の手を軽く払いのけ、衣の衿《えり》もとの留め金のようなものを外した。

意外に簡単な動作で、月季の足もとに帯が落ちる。

(絶対、あるはずだ)

千尋は、月季の一挙一動をじっと見つめた。

たっぷりした絹の袍が、重たげな音をたてて宙に舞った。

派手な動作で袍を脱ぎ捨てた月季は、「で?」と言いたげな目で千尋を見下ろしてきた。

(え……?　嘘……)

千尋は、呆然と相手の左肩を凝視した。

陽に焼けた肌はなめらかで、傷痕一つない。筋肉のついた肩から首にかけての線は、男性的で美しかった。

「なんで……?」

目をあげると、楽しげな月季の瞳と目があった。

「ないな?」

からかうような声に、千尋は軽い眩暈《めまい》を感じた。

(擢じゃなかった……!)

どうして、こんなことになってしまったのだろう。本物の擢はどこにいるのか。

蓬莱王は上半身裸のまま、千尋に近づいてきた。

千尋は、無意識に一歩後ずさった。

「なぜ逃げる?　さっきまでの勢いはどうした?」

ククッと笑われ、千尋は耳まで赤くなった。

(人違いだったんだ……。でも、なんで同じ顔なんだよ。体型だって、そっくりだし……)

「面白い奴。服まで脱がせておいて」

「オレが脱がせたわけじゃねえ！　おまえが勝手に……！」

言いかけたとたん、腰に腕をまわされ、千尋は戸惑った。

（な……に……？）

ぐいと引き寄せられ、本能的に抗うと、月季はますます楽しげな目になった。

すっと右の耳もとに顔をよせてくる。

（え……？）

「気に入った。そなたのことを話してもらおうか。寝所で、ゆっくりとな」

艶《つや》っぽい声でささやかれ、千尋は身を強《こわ》ばらせた。

（なんか、やばい……）

理由はわからないが、そう思った。

これはよくない。

蓬莱王は、自分をどこかに連れていこうとしている。

（しんじょってなんだ？　意味わかんねえけど、なんかやな予感がする……）

「行かねえよ……！　行かねえからな！」

慌てて逃げようとしても、腰をがっちりと抱きこまれ、動けない。

ますます、嫌な予感は強まってきた。

「放せよ！　オレ、自分の世界に帰るんだから！」

「時満ちるまで、帰ることはできぬ。これが、そなたの定めだ」

艶めいた声とともに、視界がぐるっと一回転した。

「うわっ！」

（ちょっと！　嘘……！）

気がつくと、視線の位置が高くなっていた。艶めかしい裸の背中がすぐ目の前にある。腹の下にあるのは、月季の肩だろうか。

「放せーっ！　放せよ！」

「そなたを自由にするわけにはいかぬ」

ジタバタする千尋を担いだまま、蓬莱王、龍月季は優美な動作で歩きだした。

＊　　＊

連れてこられたのは、黒い房《へや》のさらに奥にある一室だった。

壁に螺鈿のような飾りはなく、四本の柱のついた黒檀《こくたん》の寝台が置かれている。寝台のまわりには、精巧な刺繡《ししゅう》がほどこされた赤い紗の帷がかかっていた。

窓際には高価そうな玻璃《はり》の金魚鉢が置かれ、赤や黒の金魚が三、四匹泳いでいた。

（なんだよ、ここ……）

千尋は首を持ちあげ、あたりを見まわした。

上のほうを見ていないと、相手の筋肉質の腰と引き締まった尻《しり》が視界に入って、何か落ち着かない気分になる。

「めずらしいか。後で、鵬雲宮のなかを案内してやろう」

笑みを含んだ声とともに、紗の帷がバサッと翻る音がして、身体がやわらかいものの上に投げだされた。

黒檀の天蓋《てんがい》が見える。赤い帷がまだ揺れていた。

背中の下にあるのは、ふかふかした赤い絹の褥《しとね》だ。

枕《まくら》から強い香の匂いがしている。なんの匂いかはわからない。

「な……何する気だよ⁉」

「まだ、察しがつかぬのか。困った奴」

言葉ほどに困った様子も見せず、月季は千尋に覆いかぶさってきた。

「うわあああああーっ！」

「好きなだけ、わめくがいい。余が寝所に寵童《ちょうどう》を連れこんだところで、誰も驚かぬ」

（なんだ、これ⁉　なんだ⁉）

唇にやわらかなものが重なる。まぢかにある、闇色の瞳。

千尋の思考は、一瞬、停止した。

どうして、こんな至近距離に櫂の顔があるのだろう。

（……てゆーか、口ぶつかってるんですけど）

「どうした？　これは初めてか？」

かすかに笑って、月季が千尋の唇にもう一度、唇を押しあててきた。

弾力のある温かな唇と、唇を割って滑りこんできた淫《みだ》らな舌の熱。

千尋は、目を見開いた。

「んっ……なっ……」

（キス……されてる？　これって、キスだよな⁉　オ……オレのファーストキスが！）

必死に相手の肩をつかみ、押し戻そうとしているのに、押さえこまれた身体はびくともしない。

初めて、千尋は恐怖を感じた。

呼吸もできないほど、濃厚な口づけがつづく。

「は……なせ……息が……！」

懸命に抗うと、わずかに唇が離れた。

その隙に、千尋は必死に息を吸いこんだ。

頭の上で、楽しげに笑う声がした。

「まこと、初めてのようだな。教え甲斐《がい》がある」

服の上から腰をなぞりあげられ、千尋は眉根をよせた。くすぐったいような、不安なような、妙な気分になる。

「なんで、オレにこんなことするんだよ？　オレ、男だぞ……」

月季の顔には、からかうような表情が浮かんでいる。

「男が相手でも女が相手でも、することはたいして変わらぬ」

言いながら、手が太股《ふともも》のほうにのびてくる。

（冗談じゃねえ！　男相手じゃ、大違いだろ！）

千尋は慌てて、その手を押さえた。

そのとたん、右の耳朶《みみたぶ》を甘噛《あまが》みされて、背筋がゾクッと痺《しび》れた。

（な……!?　今の、なんだ……!?）

「余は、そなたを寵童として鵬雲宮に留《とど》めよう。春宵殿《しゅんしょうでん》をそなたのために空けさせよう。そなたの役目は、余を愉《たの》しませることだ。この身体でな」

耳の奥に熱い舌をねじこまれると、背骨を羽でなぞられたような気分になった。

妖《あや》しい痺れは、腕の付け根や首筋にも広がってくる。

（ダメだ……）

千尋は眉根をよせ、唇を噛みしめた。

顎をのけぞらせ、全身に広がっていく妙な感覚に懸命に耐える。

このまま、ふうっとどこかに連れていかれそうで怖くなる。

「嫌……だっ……！」

「吸いつくような肌だ。上気して美しい……。ほかのところも美しいのか？」

首筋を唇でやわらかく愛撫《あいぶ》しながら、覇王がささやく。

その声には、愉悦の響きが潜んでいた。

（こいつ、変だ。絶対、おかしい）

「やめろよ！　おまえ、櫂じゃねえ！　櫂はこんなことしねえ！　放せよ！　オレ……！」

赤の他人にこんな真似はされたくないと言いかけて、千尋は一瞬、思考が停止するのを感じた。

（ええと……じゃあ、知ってる奴ならいいのか？　いや、よくねえ！　よくねえよ！）

「とにかく、放せ！　オレは男とこんな真似、絶対できねえ！」

「わからぬ奴だな。するもしないも、決めるのは余だ。そなたに選択権はない。これから、それをゆっくり教えてやろう」

月季はわずかに身を起こし、千尋の抵抗を面白がるような瞳でじっと見下ろしてきた。

乱れた黒髪が、妙に艶めかしい。

（櫂と同じ顔で、こんなことするなんて……）

似ているからこそ、つらい。

白い指がのびてきて、千尋の上着の合わせ目をつかんだ。

力をこめて左右に開かれたとたん、ビリッと布の裂ける音がした。

（嘘……）

姜尚《きょうしょう》たちが用意してくれた服とは違って、ずっと華奢《きゃしゃ》な作りだったとはいえ、いちおうは厚手の絹だった。

本能的な恐怖に、千尋は身をすくめた。

服の破れ目から手が滑りこんできた。怖ろしいほど慣れた手つきだった。

「やめろ……！　そこ……ダメだ！」

胸の突起を探りあてられ、千尋は慌てて月季の手を押さえた。

そこは淡い桜色なので、子供の時から格好の笑いの種にされてきた。今でも、絶対、上半身裸で歩きまわらないし、学校の体育の授業や部活の後のシャワーの時には、さり気なく隠すようにしている。

（見られたら、絶対、笑われる……）

焦っていると、月季はいっそう楽しげな目になった。

「ここが弱いのか？」

「ち……違う！」

「なるほど」

いきなり、上着の破れ目に顔が近づいてきたと思ったら、直接、肌に唇が触れた。

やわやわと唇で愛撫され、千尋はくすぐったくて、身をよじった。

「やっ……！　くすぐってえ！　やめろ！」

黒髪の頭が動く。

固くなった突起をついばむようにキスされると、頼りないような気分になってきた。

ふいに、上着が奥まではだけられ、左胸が外気にさらされる感覚があった。

（あ……）

「綺麗な色だ」

艶っぽい声でささやかれ、千尋はカーッと赤くなった。

「見るな！」

「そなたは、余のものだ。見るも見ないも、余が決める」

のしかかってくる相手の体温と重みは、なぜだか、そんなに不愉快ではなかった。

懐かしいような気さえする。

遠い昔、一緒に昼寝していた男の子を思い出す。

（擢……。どこにいるんだよ……？　オレ、おまえそっくりの変な奴に変なことされて……このままじゃやべえのに動けねえ……)

「だんだん、よい顔になってきたな。目が潤んできた」

月季が胸の突起を甘噛みする。

「ひっ……!」

身体がびくんと跳ねた。

甘噛みされた部分がジンと妖しく痺れ、ついで鋭い痛みが追いかけてくる。

「やだ……! やめろ!」

自分がどうなってしまうのかわからなくて、怖かった。

心のどこかで、誘惑する声がある。

誰も知らない異世界だ。好きなだけ、この感覚を貪《むさぼ》ってみればいいと。

どうせ、もとの世界の人々には一生知られることはないのだから。

(嫌だ……!)

千尋は、懸命に抗った。

せめて、相手が女ならば——。

(こんなのは嫌だ!)

本気で気持ちよくなってしまったら、そんな自分が許せなくなりそうだ。

そう思った時、布の上から月季の指が千尋の両足のあいだに触れた。

「やっ……触るな……！」

軽く撫《な》でられただけなのに、身体の芯《しん》に電流が走ったようだった。

月季が顔をあげ、千尋の目をのぞきこんでくる。

蠱惑的《こわくてき》な眼差《まなざ》しだった。

「そなたのここは、そうは言っていないようだぞ?」

「し……自然現象だ！　触ったら、そうなるに決まってるだろ！　放せよ！」

(……って言ってるあいだに握るんじゃねえ！)

じわっと涙がこみあげてくる。

「オレ、こんなの、嫌だ……！　好きでもねえ奴に……！　そ……そのうえ男に……！」

我慢しようと思ったが、我慢しきれなかった。

ポロッと涙が頬を伝う。

(櫂……)

妙な沈黙に見上げると、月季がすっと身を離すのが見えた。

端正な顔は無表情になっている。

「興が削《そ》がれた」

呟《つぶや》く声は、苦々しげだ。

月季は長い指で漆黒の前髪をかきあげ、千尋に背をむけた。

（情けねえ……。泣くなんて……）

千尋は両手で目をこすり、寝台の上に起きあがった。

月季に歯を立てられた部分が、まだ疼《うず》いている。

（バカ野郎……）

心のなかで呟いた時だった。

遠慮がちに右手の扉を叩く音がした。

「主上」

司馬の声だった。

月季は、不機嫌そうな視線を扉のほうにむけた。

「邪魔をするな」

「申し訳ございませぬ。柏州《はくしゅう》より火急の使者がまいっております」

「柏州だと？　学生どもか？」

月季の言葉に、千尋は耳をそばだてた。

胸の鼓動が速くなってくる。

（学生って……まさか、姜尚さんたち？）

「は……。柏州大学学舎にて騒乱勃発《ぼっぱつ》との報です。使者の報告によると、臥牛《がぎゅう》に駐留しておりました軍と長風旅団《ちょうふうりょだん》の学生のあいだで睨みあいがつづいており、二日前の午前中、学生側からとみられる投石をきっかけとして騒乱状態となりました。現在、軍は大学を遠巻きにして、学生たちの出方をうかがっております。立てこもっている学生どもの数は、およそ三百。指導者は、李《り》姜尚」

司馬の声は、淡々としている。

(李姜尚……！　やっぱり……！)

千尋の心臓が、大きく跳ねた。

「臥牛の兵は二百。しかし、近隣の兵を集めれば、八百にはなりましょう。一気呵成《いっきかせい》に制圧すべきか否《いな》か、主上のご判断を賜《たまわ》りたく」

「少し待て」

月季は寝台の横にかけてあった、青紫の袍をふわっと肩から羽織った。やはり上等の絹で、蔓草《つるくさ》のような模様が入っている。

優美な動作で帯を締め、千尋には目もくれず、月季は扉を開けた。

そこには、司馬が真面目な顔で立っている。

司馬は月季を見、恭しく頭を下げた。寝台の上に千尋がいるのを見ても、眉一つ動かさない。

たぶん、この王が少年を寝所に連れこむのは今に始まったことではないのだろう。

「学生どもの要求はなんだ?」

「臥牛からの柏州軍の撤退と、神獣の祠堂への攻撃の即時停止です」

「それは呑めんな」

冷ややかな口調で、月季が即答する。

「では、攻撃なされますか?」

「いや、その必要はない。包囲しろ。蟻《あり》一匹這《は》い出《で》ぬように」

「兵糧攻《ひょうろうぜ》めでございますか。三月《みつき》ほどかかりましょうな。学生どもは白鎮会《はくちんかい》とも手を結び、食料を貯《た》めこんでおりますから」

淡々とした口調で、司馬が言った。

「三月はかかるまい。柏州は豊かな土地だが、臥牛は大河の下流にあり、人口が多いぶん、汚物が流れこみ、水は汚れている。町を流れる大河の支流の水は使い物にならず、もっぱら井戸が頼りだ。柏州大学の敷地内にある井戸は、ただ一つ。この井戸の水の根を断ち切れ。学生どもが渇きに苦しんで川の汚れた水を飲み、学舎のなかで疫病が発生し、食料も尽きる頃、総攻撃をしかける」

非情な命令を伝える月季の横顔には、逡巡《しゅんじゅん》も迷いもない。

さっきまで、千尋相手に戯れていた青年とは別人のようだ。

(兵糧攻め……)

千尋は、身震いした。

そんな単語は、時代劇のなかだけのものだと思っていたのに。

「水の根を断ち切ることによって、水脈を同じくする他の井戸も涸《か》れる怖れがございます。それでもよろしゅうございますか、主上？　疫病は、学生だけを選んではくれませぬぞ。臥牛に被害が出れば、面倒なことになりましょう」

静かな声で、司馬が尋ねてくる。

言外に思いなおすように伝えてきているのか。

蓬莱王は、つまらなそうに肩をすくめた。

「水の根を切ったのは、学生だ。軍に臥牛の井戸を使わせまいとして、捨て身の戦法に出たのだ。細作《さいさく》を潜入させ、噂《うわさ》を広めろ。学生と町民のあいだに疑心暗鬼の種を蒔《ま》け」

（ひでえ……。ホントにこいつ、悪逆非道なんだ）

櫂と同じ顔だから、つい期待しそうになる。

本当は、暴君ではないのではないかと。

しかし、勘違いしてはいけない。

ここにいるのは、姜尚たちと神獣の敵なのだ。

（こいつの陰謀、なんとかして姜尚さんたちに伝えねえと……。でも、どうやって連絡すればいいんだろう）

さらに二つ三つ、言葉をかわし、司馬は立ち去った。

月季が扉を閉め、こちらにむきなおる。

（やべ……）

千尋は、身を強ばらせた。

さっきのつづきをしようと言われたら、かなり困る。

しかし、月季はもう千尋には興味を失ってしまったふうだった。何事か考えるような様子で窓際により、外をながめている。

（考え事してる？　じゃあ、オレにちょっかいだすのやめたのか？）

まだ警戒心を解かずに、ゆっくり寝台から下りた時だった。

月季が、優美な動作で千尋にむきなおった。

「これを渡しておこう」

ポンと放ってよこしたものを、反射的に千尋は受け取った。

ぐるりと龍が巻きついた銀の指輪だった。

「なんだよ、これ……？」

趣味が悪いと思ったが、口にはしなかった。

「その五爪《ごそう》の龍はわが龍家の紋《しるし》だ。そなたが持っていれば、余の寵童だという証《あかし》になる。指輪を見せれば、鵬雲宮のどこへでも行くことができる。後宮の女たちの部屋と、赤陽門《じょうもん》から先には行けぬがな」

千尋は指輪を持ちあげ、しげしげとながめた。

「あのさあ……」

「なんだ？」

「よくわかんねえんだけど、ちょうどうってなんだ？」

「余専用の色子《いろこ》だ」

月季は千尋をじっと見、意地の悪い目をした。

「つまり、そなたは他人《ひと》にそれを見せると、余に可愛がられたと白状することになる」

「ばっ……バカ野郎！　いらねえよ、こんなの！」

叩き返そうと指輪を握りしめ、千尋はぎりぎりのところで思い止まった。

これは、万能のパスポートだ。

せっかく手に入れたのだから、返してはいけない。

（嫌だけど……嫌だけど……嫌だけどっ！　ああ、すっげえ嫌！）

月季は不愉快そうな千尋を見て、ふっと真顔になった。

「言っておくが、余は今まで、手もつけぬ少年にそれを渡したことはない」

「……じゃあ、なんで……」

（手は……つけられてねえよな、まだ。ちゅーはされちまったけど……）

蓬莱王は、かすかに笑った。

「そなたの歓心《かんしん》が買いたくなったから……かな」

「かまってほしいのか、オレに？」

眉根をよせて、千尋は尋ねた。月季の考えていることがわからない。

（なんなんだよ……？）

「その関心ではないのだが。まあ、よい。余は、そなたの心が欲しくなったようだ。せいぜい、逃げまわってみるがよい。いずれ、身も心もわがものとしてくれよう」

月季の口調は冗談めかしているが、目は笑っていない。

（なんで、そんな目でオレを見るんだよ……？）

千尋は、思わず視線をそらした。

こんな危険な男を敵にまわすのも嫌だったが、かといって気に入られるのも困る。

ましてや、身体を狙《ねら》われるのは勘弁してほしかった。

居心地の悪さを感じて、千尋はゴソゴソと服を直した。破れているところはどうしようもないが、胸が露出しているのは落ち着かない。

その一挙一動を月季の視線が追いかけてくる。

（落ち着かねえ……。なんか喉《のど》渇いてきた）

千尋は、寝台の側に置かれた小さな黒檀の卓をチラリと見た。そこには、水の入った玻《は》璃《り》の瓶と薄い焼き物の白い茶碗《ちゃわん》が二つ置かれていた。

(茶碗二つあるってことは、ここにあるの、オレも飲んでいいんだよな?)

少しためらい、千尋は玻璃瓶に手をのばした。白い茶碗に水を注ぐ。

月季がハッとしたように声をあげる。

「待て。飲むな!」

「え? なんで……?」

戸惑い、手を止めた千尋にむかって、月季が血相を変えて駆けよってきた。

荒々しく玻璃瓶と茶碗を奪われ、千尋は一瞬、身をすくめた。

(叱られる?)

しかし、月季は千尋には何も言わず、つかつかと歩いていって、窓際の金魚鉢に茶碗を沈めた。

「何を……」

言いかけた時、水面に金魚がプカーッと浮いてきた。どれも白い腹を見せている。

(嘘……!)

千尋の膝が、ガクガクと震えはじめた。

月季は慎重に玻璃瓶を金魚鉢の側に置き、千尋を振り返った。

切れ長の黒い目には、つらそうな光がある。

「余の側にあるもの……飲み物も食べ物も含めて、毒味せずには口に入れてはならぬ」

千尋は、両手で唇を押さえた。

もし、月季が止めてくれていなかったら、今頃、自分は死んでいたかもしれない。

（毒……入ってたんだ……）

誰かが、王の命を狙っているのか。

それを知っていて、平然と暮らしている月季の胆力が空恐ろしかった。

月季は哀れみとも悲しみともつかない表情で、じっと千尋を見た。

「余が怖いか」

それになんと答えていいのか、千尋にはわからなかった。

ただ、怖いと言えば、目の前の男が傷つきそうな気がした。

この一瞬だけ、龍月季を包む覇王のオーラが薄くなり、その心に手が届きそうに見える。

（卑怯《ひきょう》だぞ。櫂と同じ顔で、そんな悲しそうな目……）

千尋は、龍の指輪を握りしめた。

流されてはいけない。同情してもいけない。

自分は異世界から来て、異世界に帰る者なのだ。

（櫂を捜して、一緒に帰るんだ。だから……こいつには優しくできねえ。でも……油断させるためなら……）

大きく息を吸いこんで、千尋は震えるなと自分に言い聞かせた。

「怖くねえよ」

嘘だった。

嘘だけれど、月季はそれを信じたようだった。

いや、それとも信じたふりをしただけだったろうか。

千尋を見つめる瞳が、とろけそうに優しくなる。

「桃花、そなたが好きだ」

(いや、ちょっと……やめてくれよ！　告《コク》るな！　おまえは男で、オレも男でっ……！)

千尋は首を横にふり、龍月季に背をむけた。

油断させなければいけない。逆らってはいけない。そんなことは、わかっていた。

それでも、これ以上は耐えられない。

「やめろ。オレは男だし……。櫂と同じ顔で、そんなこと言われたら困る……」

小さな声で呟くと、後ろから月季が歩み寄ってくる気配があった。

背後から、そっと抱きしめられる。

千尋は目を見開き、身を強ばらせた。

(まさか、このまま……)

しかし、月季は千尋を抱いたまま、じっと動かなかった。

千尋の胸の鼓動が速くなる。
（燿……助けて……）
やがて、千尋の身体から、そっと男の腕が離れた。
「そなたの宮を用意させる。それまで、ここで暮らすがいい」
それだけ言うと、月季は千尋に背をむけ、寝所を出ていった。
覇王の静かな足音が遠ざかる。
残された千尋は、その場にしゃがみこんでしまった。
（オレ……どうしたらいいんだ……）

第五章　最初の選択

小松千尋《こまつちひろ》が龍月季《りゅうげつき》の寝所に連れてこられてから、七日が過ぎた。

寝所の外に出ることは禁じられていなかったが、一歩外に出るとかならず警備の衛士がついてくるため、逃げだすことはできなかった。

この七日間、月季は「三公を招集して朝議《ちょうぎ》を開くのだ」と言って、ほとんど部屋には戻らなかった。

千尋のもとには、三度三度、若い女官の手で豪華な食事が運ばれてくる。

食事はどれも冷めていた。一時間前に隣室で毒味係が食べ、安全を確認してから、千尋のもとに持ってこられるのだという。

お茶も目の前で女官がいれ、毒味してから供《きょう》される。

その警戒ぶりが、いっそう自分の危険な立場を教えてくれる。

千尋は、ほとんど食事が喉《のど》に通らなかった。

夜は月季を警戒しながら、広い寝台の隅で寝ていたが、月季がそこに忍びこんでくることはなかった。

時おり、夜遅く戻ってきた月季は長椅子《ながいす》で眠り、千尋が目を覚ました頃にはいなくなっていた。

初対面であんなことをしたくせに、なぜ今さら、そんな真似をするのか、千尋にはわからなかった。

それでも、強引な真似をされないのはありがたい。

昼のあいだ、千尋は鵬雲宮《ほううんきゅう》のなかを歩きまわり、どこかに櫂《かい》らしき人影がないかと捜しまわっていた。

月季から話が伝わっていたとみえて、すれ違う女官たちや衛士たちはみな、千尋に恭《うやうや》しく接してくれた。それが、よけいに居心地の悪さを倍増させる。

寵童《ちょうどう》の証《あかし》の指輪は月季からもらった革紐《かわひも》で首から下げ、服の下に隠していた。

まだ、それを使ってみる勇気はない。

(櫂が捕まってる様子はねえし、ここにはいねえのかな。どこにいるんだろう。それに、井戸のこと、早く姜尚《きょうしょう》さんたちに知らせねえと……)

考えれば考えるほど、焦りで何も考えられなくなる。

そんな折、千尋は王の私室の机に無造作に置かれた皮の地図を発見した。

見覚えのあるマップ。東京によく似た形の土地に、五つの州。

柏州《はくしゅう》は、東京で言うならば北と東の部分を占めている。大学のある臥牛《がぎゅう》は、足立区《あだちく》のあたりにあった。

人の足でどのくらいかかるのかわからない。いや、どうやって歩いていっていいのかもわからない。

それでも、千尋のなかで漠然と決意は固まりつつあった。

櫂を捜そう。もし、捜して出会えなければ、姜尚たちに会うために臥牛に行こう。

その後のことは、後で考えればいい。

鵬雲宮をぬけだせば、蓬莱王《ほうらいおう》の怒りを買うだろう。

指名手配という制度があるのかどうかは知らないが、全国に通達がまわって、自分は追われる身になるのかもしれない。

それでも、ここにはいられないと思った。

冷めた食事は食べた気がしないし、鵬雲宮のなかにいると、いつも物陰から誰かに見張られているような気がして落ち着かない。

それに、そういう趣味がないのに蓬莱王の寵童にされるのは困る。

（……っつーか、基本的な問題として、掘られるのはやだ。痛そうだし）

千尋は地図を小さく畳んで服の内側に隠し、夕食の前の警備が交代するわずかな隙《すき》に、王の私室をぬけだした。

庭園のなかをつっきり、昼間のうちにチェックしておいた庭師の脚立《きゃたつ》を引きずってきて、塀に立てかける。

塀の高さは三メートルほど。むこう側には脚立はない。

(飛び降りたら、足折るかな……。いや、ぶらさがって、ゆっくり手を離せば、一メートルと四十センチくらいだから……)

千尋は脚立にのぼりながら、後ろを振り返った。

こちらに駆けてくる女官の姿が見えた。

(やべっ)

「千尋さまー！　お待ちください！」

騒がれては、すぐに人が集まってきてしまう。

覚悟を決めて、千尋は塀を乗り越えた。

手が痛いのもかまわず、塀をつかみ、ぶらさがって、一気に両手を離す。

＊　　　＊

空は黄昏色《たそがれいろ》に染まり、鵬雲宮のそこここに花燈《かとう》の炎が点《とも》される。

(ここ……どこだよ？)

た。

千尋は、すっかり道に迷っていた。
庭園はどこまで行っても終わらず、方向感覚もとうに失われている。
塀を乗り越える時に痛めたのか、左膝《ひだりひざ》が少し痛い。すりむいた手にも血が滲《にじ》んでい
た。

(逃げる前に遭難するかも……)
しだいに不安になってくる。
ふいに、ガサガサと右手の藪《やぶ》が動いた。
千尋はギョッとして、飛び退《との》いた。心臓がバクバクいっている。
藪のなかから、猫ほどのコロコロした白黒の生き物が顔をのぞかせた。
(え？　パンダ？)
芳芳《ほうほう》より、サイズはずっと小さい。これは子パンダのようだ。
子パンダはキューキューいいながら、おぼつかない足どりで千尋に近づいてきた。
「おまえも道に迷ったのか？」
苦笑して、抱きあげると、子パンダが千尋の顔をふんふんと嗅《か》ぎはじめた。
「やめろ。くすぐってえよ」
千尋は、子パンダのやわらかな毛並みに顔を押しつけた。
暖かくて、ふわふわしたものを抱きしめていると、涙がこみあげてくる。

（耀……。会いてえ……）

膝も手も痛くて、ひどく心細くて。

できるものならば、もう家に帰りたかった。

ゲームのように、この状況がリセットできるものならば。

「バカ……野郎……」

（なんで、こんなことになっちまったんだよ……）

千尋は子パンダを抱いたまま、その場にしゃがみこんだ。

我慢していないと、子供のように泣きだしてしまいそうだった。

その時、右手のほうから、聞き覚えのある綺麗《きれい》な女の声がした。

「鈴鈴《りんりん》、どこじゃ？　戻っておいで」

子パンダが、千尋の腕のなかで暴れだした。

たまらずに手を離すと、子パンダは地面にぼたっと落ち、右手のほうにのたのたと走っていく。

（あ……！）

白い手がのびてきて、子パンダを抱きあげた。

千尋は息を呑《の》み、立ちあがった。

子パンダを抱いて立っているのは黒髪の美女——香貴妃《こうきひ》だった。今日は金の刺繍《ししゅう》の入った赤い襦裙《ころも》を身につけて、淡い桃色の披帛《かたかけ》を軽く羽織っている。

千尋を見つめる香貴妃の瞳《ひとみ》に、かすかな驚きの色が浮かんでいた。

「そなた……ここにおりましたか」

（やべえ。警備を呼ばれる）

また一歩、後ろに下がった時、香貴妃が口を開いた。

「鵬雲宮の外へ出たいのですね。妾《わらわ》が案内してあげましょう」

「え……？　本当ですか⁉」

千尋の心臓が、トクンと鳴った。

もし、その言葉が本当ならば、案内してもらいたい。

「嘘《うそ》はつかぬ。そなたが逃げたと耳にして、案じておったのですよ。会えてよかったこと」

香貴妃は、優しく微笑《ほほえ》んだ。

やわらかな笑顔に、千尋は少し戸惑った。どうして、この女性はこんなに自分に親切にしてくれるのだろう。

「ありがとうございます。……でも、オレを案内したら、香貴妃さんに迷惑がかかりませんか？」

蓬萊王は、きっと激怒するだろう。こんな真似をして、大丈夫なのだろうか。

千尋の言葉に、香貴妃は瞳をキラリと光らせた。

「そなたが主上のもとにおらぬほうが、妾は助かります」

「え？」

「そなたが来てから、主上は一度も後宮においでになりませぬ。このようなことは今までになかったことです。そなたがいなくなれば、主上はまた妾のもとに戻っておいでになりましょう。出ていきたいというなら、大歓迎じゃ。さ、おいでなさい」

パンダを下ろし、香貴妃は優雅な足どりで歩きだした。

そういうことかと、千尋は思った。

香貴妃にとっては、蓬莱王の寵愛《ちょうあい》を一人占めする自分が邪魔らしい。

（……寵愛されてねえけど。一人占めもしてねえけど）

蓬莱王を独占するためなら、香貴妃は少しくらいの危険は冒すつもりなのだろう。

それなりの利害があって助けてくれるというなら、信じていいのかもしれない。

香貴妃の腹のなかがわかったことで、かえってホッとして、千尋は年上の美女と子パンダの後を追いかけた。

警備の穴をかいくぐり、時には香貴妃が千尋に披帛をかけ、女官のふりをさせながら、二人と一匹は王宮の人気のない門にたどりついた。

門には簡素な木の扉がついており、内側から閂《かんぬき》がかかっていた。

門の側《そば》に門士《もんばん》の詰め所のような場所があったが、そこには今は誰もいなかった。

「さあ、ここからお出なさい。橋を渡り、まっすぐ行くと亮天の街です。人通りの多いほうに行くとよいでしょう。鵬雲宮から左のほうに行くと、古着屋や食べ物の屋台のある通りに出ます。その衣を売れば、当面の生活費には困らぬはずじゃ」

細い手で閂を外し、香貴妃はニッコリと微笑んだ。

艶《あで》やかな笑みは、やはり覇王の寵妃《ちょうひ》のものだ。

その足もとで、子パンダが無邪気にころんころんと転がっている。

「ありがとうございます。いろいろと……。あの……お礼のしようもないんですけど……」

「礼など不要です。妾は、己のためにこうしたのですよ」

やわらかな声で言って、香貴妃は千尋の背をそっと押した。

その一瞬、千尋は妙な違和感を覚えた。

しかし、その違和感がなんなのかはわからない。

(助かった)

「本当にありがとうございました！」

深々と頭を下げ、千尋は宵闇《よいやみ》迫る王都にむかって飛びだした。

少し行って、振り返ると、もう門扉《もんぴ》は閉ざされ、香貴妃の姿は見えなくなっていた。

千尋のくぐってきた門の傍《かたわ》らには「幽明門《ゆうめいもん》」と刻んだ石が立ててあった。

だが、先を急ぐ千尋はそれには気づかなかった。

＊　　＊

数十分後、秘書省《ひしょしょう》の回廊に立つ司馬《しば》のもとに知らせが入った。

「千尋さまが、幽明門から外に出られたようです」

回廊から少し離れた茂みのなかに膝をつき、黒衣の青年が無表情に報告している。彼は、司馬の抱える細作《さいさく》の一人である。その任務は情報収集から暗殺まで、幅広い。

もちろん、細作集団は全員が美青年である。

「幽明門……」

司馬は、手にした餡《あん》入りの菓子をポトリと落とした。

幽明門は、禁中で出た死者を運びだすための不浄門なのだ。

王も官吏も女官たちも――鵬雲宮のもっとも賤《いや》しい下女たちに至るまで、誰もその門をくぐることはない。

慌てて菓子を拾いながら、司馬は青年のほうをチラリと見た。

「誰が手引きした？　一人では、とうてい、たどりつけないはずだ」

「わかりませぬ。……ですが、気配が攪乱《かくらん》され、誰一人として追いかけきれなかったところをみますと、あるいは妖獣《ようじゅう》を使う者の仕業かとも思われます」

「妖獣か……」

司馬は、難しい顔になった。

王の居城である鵬雲宮のなかは聖域とされ、陰の気を持つ妖獣は入ることは許されない。

数少ない例外は王の第一の寵妃、香貴妃の大熊猫《おおくまねこ》、鈴鈴と、王の乗り物である翼龍《よくりゅう》、応龍《おうりゅう》、それに丞相《じょうしょう》が昔から飼っている亀龍《きりゅう》、吉弔《きっちょう》くらいのものだ。

後宮には小鳥のような妖獣が数羽いたこともあるが、だいぶ前に死んだはずだ。

(香貴妃だとすると厄介じゃのう。不浄門から出したのは、呪詛《じゅそ》のつもりか。これだから女は怖い)

千尋は知らないことであったが、香貴妃のまわりではよく死者が出る。

香貴妃が手を下したり、命令した証拠は見つからない。

それでも、子を孕《はら》んだとわかった翌朝、池に浮いていた寵姫や、原因不明の病で亡くなる女官の悲劇は後を絶たない。

「やむをえん。主上には、わしからご報告しよう。逃げだして行方不明ということでは納得されんじゃろう」

王が、あの少年に入れこんでいるのは傍目《はため》からも明らかだった。

今にして思えば、初めて平按《へいあん》の町で小松千尋を見た時から、王はいつもと様子が違っていた。

(可愛い子じゃから、わしがもらおうと思っておったのに)

司馬は小松千尋のことを語る王の瞳のなかに、かつて一度たりとも見たことのない光を見ていた。

その光が、司馬を不安にさせるのだ。

(主上ととりあいになるのは困るのう)

ため息をついて、司馬は命令を下した。

「小松千尋に見張りをつけておきなさい。身に危険がおよぶ時だけは、護《まも》るように。それ以外は、いっさい干渉してはならない。あー……ただし、貞操に危機がおよんだ時は危険分子を排除するように。初物の楽しみは残しておかんとな」

「は……」

茂みがかすかに鳴ったかと思うと、細作の姿は消え失せていた。

司馬は回廊の手すりにもたれ、夏の庭をぼんやりとながめた。

あのどこか不吉な美しい少年が逃げて逃げて、王の手の届かないところまで逃げてくれるといいと思った。

*

*

同じ頃、千尋は必死に逃げていた。

(助けて……誰か……!)

夕闇はしだいに濃くなり、高い城壁で囲われた街のそこここに角灯《かくとう》の明かりが点《とも》りはじめている。

明るい時間ならば、塗りの剝《は》げた建物が目についたはずだが、今は川面《かわも》に映る灯《ひ》と二階建ての建物の影が幻想的な光景を作りだしている。

だが、足を止めて、橋から川をながめる者はいない。

道行く人々はみな疲れたような顔で、橋の上を足早に通り過ぎていく。

千尋の後ろから追いかけてくるのは、爛々《らんらん》と目を光らせた二匹の黒い獣——地狼《ちろう》だ。

グルルルルルルッ!

不気味な唸《うな》り声《ごえ》が聞こえるたびに、いつ嚙《か》まれるかと生きた心地がしない。

地狼たちは千尋が香貴妃の言っていた通りのほうに歩きだした時、建物と建物の暗がりから出てきたのだ。それから、ずっと追いかけてきている。

逃げる千尋を助けてくれる者は誰もいなかった。

地狼たちに追いたてられるようにして、千尋は狭くてゴミゴミした一角に入っていった。

腐臭を放つ堀と、渡るとガタガタいう木の橋、密集して建つ粗末な小屋。

壊れそうな家の前にしゃがみこんで、じろじろと千尋の高価な服をながめる男たちもいる。

ガアアアアアアーッ！

背後で、地狼たちが吠《ほ》えた。

チラリと肩ごしに見、千尋は全身が総毛立《そうけだ》つのを感じた。

（嘘……）

地狼たちは、あきらかに大きくなっていた。

さっきまで、柴犬《しばいぬ》くらいだったのに、今は虎《とら》に近い大きさだ。

（やばい……！）

そう思った瞬間、何かにつまずいて、身体《からだ》が宙に泳いだ。

「うわっ！」

もうダメだと思った。

（ごめん、母さん、父さん……オレ、もう戻れねえ……）

目蓋《まぶた》の裏に、櫂の顔が浮かんだ。

もう一度会いたかった。せめて、もう一度。

嫌な臭いのする黒い毛皮がぶつかってくる。耳もとで怖ろしい吠え声がした。

「うわあああああーっ！」

その刹那《せつな》。

「千尋！」

懐かしい叫び声がして、背中にのしかかっていた獣が弾《はじ》き飛《と》ばされた。

慌てて見上げると、真上で櫂が剣を一閃《いっせん》させたところだった。今日も革鎧《よろい》を身につけ、漆黒の髪を後ろでまとめている。

（櫂……！）

切り裂かれた地狼がもんどりうって、地面に倒れこむ。

その傷口から、シュワシュワと蒸気のようなものが噴きだし、地狼の身体は見る見るうちに縮み、黒い染みになって消えていった。

もう一匹の地狼も腹からだらだらと血を流しながら、小路《こうじ》の奥に逃げていく。

（たす……かった……）

そう思ったとたん、身体が震えだしてきた。

「大丈夫か、千尋?」

櫂が剣を鞘《さや》におさめ、千尋の傍らに片膝をついた。

心配そうに顔をのぞきこまれ、千尋は一瞬、ドキリとした。

本当に月季に似ている。

（なんで、こんなにそっくりなんだよ……⁉）

同じ顔の青年に口づけられたことは思い出すまいとしながら、千尋は起きあがった。

倒れた拍子にぶつけた肩と肘が痛いが、ほかに大きな怪我はしていないようだ。

「大丈夫みてえだ。どこにいた、今まで？」

「俺もだ。どこにいた、燿、捜したぞ」

心配そうに尋ねられて、千尋は一瞬、言葉につまった。

（蓬萊王に捕まって、ちょ……寵童にされかけたなんて言えねえ……）

「あ……うん。ちょっと……王宮に」

「王宮？」

燿は、千尋の赤い絹の服をチラリと見た。切れ長の目が、わずかに細められる。

千尋が、何か隠していることがわかったのだろう。

これは、どう考えても誤魔化しきれない。千尋は観念して、正直に答えた。

「捕まってたんだ、蓬萊王に」

「蓬萊王？」

燿の瞳に、愕然《がくぜん》としたような光が浮かぶ。

「うん……」

龍月季が櫂にそっくりだったと言おうとしたが、言えなかった。

櫂がどれだけショックを受けるかと思うと、千尋自身もつらくなる。

自分でも、まだ信じられないのだ。

今はまだ、伏せておいたほうがいいのかもしれないと思った。

(本当に、こいつ、櫂なんだよな……。櫂のふりした蓬萊王じゃねえよな)

そんなことはありえないと思いながらも、一瞬、不安な気持ちになってしまう。

「蓬萊王に捕まってたのか……」

櫂が呟《つぶや》き、漆黒の前髪を乱暴にかきあげた。

腐臭を含んだ風が通り過ぎていく。

「行こう、千尋。ここはあまりよくない」

櫂がさり気なく、千尋の背に手をそえ、歩きだす。

「あ……うん……」

千尋はあたりを見まわし、かすかに身震いした。

あきらかに好意的とは言えない視線が、あちこちから注がれているのがわかる。

「ここ、なんなんだ?」

歩きだしながら小声で尋ねると、櫂が低く言う。

「川沿いにできたスラム街だ。何度も撤去されるんだが、そのたびに集まってきて小屋が作られる」

「そっか……。燿は、この世界のことくわしいな。あっちこっち行ったのか？」

「おまえを捜してな」

その短い言葉に、胸を突かれたような気がした。

いるのかどうかもわからない自分を捜して、十五から二十歳までのあいだ、燿はずっと街から街をさまよっていたのかもしれない。

「ごめん……オレ……。なんで、おまえと同じ時に同じ場所に飛ばされなかったんだろう」

「気にするな。会えたんだから、それでいい」

くしゃっと髪をつかまれて、千尋は息を止めた。

懐かしい感触。

（燿……）

二人はそれきり、黙ってスラム街をぬけ、橋を渡った。

燿は、この王都を知り尽くしているようだった。

複雑な裏道を足早に進み、時には人で混雑する飲食店の玄関から入って裏口に通りぬけ、まるで誰かをまくように移動していく。

やがて、櫂は一軒の小さな二階建ての宿に入った。赤い建物で、めずらしく緑の看板に金で漢字が書いてある。看板の文字をなんと読むのか、千尋にはよくわからなかった。

＊　　＊

櫂は王都に飛ばされてから、下町の知人のところにいたと教えてくれた。

「おまえが亮天にいてよかった。もしかしたら別の町にいるのかと思って、東のほうまで行くところだった。下手したら、すれ違いになっていたかもしれんな」

胡芋餅《ごいももち》と干した魚、それに干し果物を齧《かじ》りながら、櫂がボソボソと言う。

宿の二階の房《へや》である。狭い室内は清潔で、掃除もきちんとされていたが、なぜだか寝台は広めのが一つしかない。

この世界ではそれが普通なのか、布団《ふとん》は真っ赤な繻子《しゅす》で、壁は黒。枕《まくら》もとには赤い雪洞《ぼんぼり》が置かれていた。他に家具らしいものは窓際の水差しと木の洗《あら》い桶《おけ》が置かれた小さな卓だけだ。水差しの横には、櫂が一階でお金を払って借りてきた簡素な茶器のセットが置かれている。

簡単に、お互いの近況を話しあった後だった。

「なあ、櫂。ここから柏州って、どのくらいかかるんだ？　歩いて」

千尋も干し果物を噛みながら、尋ねた。

干し果物は杏《あんず》に似た味だが、もっと酸味が強く、香りが濃厚だ。食べすぎると口のなかが痛くなるのだが、癖になるとやめられない。

「柏州？　一番近い関江《かんこう》の街までなら、馬を飛ばして一日だが……もし、臥牛までの距離を訊《き》いているなら、馬で三日だ。徒歩だと、その三、四倍は覚悟したほうがいいだろう」

櫂は、無表情に言う。

「歩くと十二日か……」

かなり、きつい。たぶん、一日に八時間くらい歩いての話だろう。

「おまえの体力なら、五日目くらいでへばって熱を出すな。足もパンパンに腫《は》れて動けなくなる。休み休み行くことを考えれば、二十日というところか」

「二十日……!?」

それでは間に合わないかもしれない。

すでに、最初に蓬莱王の計画を耳にした時から、七日ほど過ぎているのだ。

櫂が、ふっと眉根《まゆね》をよせた。

「どうして、柏州への日数を気にする？」

「姜尚さんたちが大学にたてこもってるんだ」

「知っている」

「知ってる!?」

当たり前のような顔で、櫂が答えた。

「有名な話だ。携帯もテレビもない世界だが、噂《うわさ》のスピードは速いぞ」

「じゃあ、蓬萊王が大学の井戸の水を出なくするって話は？　川の水を使うしかない状態にして、大学のなかで疫病が出るのを待って、総攻撃に移るって」

櫂は、まじまじと千尋を見た。

「どこで聞いた、そんな話？」

「ほ……蓬萊王が言ってるの聞いた……」

櫂が一瞬、動きを止めた。

「そうか」

妙な声で呟いて、櫂はしばらく黙りこんだ。

その横顔には、何かを押し殺すような表情が浮かんでいる。

(そうだ。やっぱり、話しとかなきゃ……)

覚悟を決めて、千尋は口を開いた。

「あのな……櫂、おまえさ、蓬萊王に会ったことあるか？」

「ない」

答えは、どこか素っ気なかった。

千尋は落ち着かない気分で、栗色の前髪をかきあげた。

「実はさ、蓬萊王の顔……おまえにそっくりだったんだ」

櫂が、少し不愉快そうに千尋の顔を見た。

「俺に？」

「うん……。双子みてぇだった。まさかと思うけど、おまえ、双子の兄弟とかいねぇよなあ？」

「いない。……と思う。親が隠してれば別だがな。いや、いないはずだ」

櫂は、無意識のように左肩をつかんだ。

そこに傷痕《きずあと》はあるのか、ないのか。

（何考えてんだよ、オレは……）

千尋は櫂の左肩から視線を外し、言葉をつづけた。

「ホントにそっくりだったんだ。……でも、肩の傷はなかった」

そう言った時、櫂は一瞬、固まったように見えた。

複雑な視線が、千尋の胸のあたりにむけられる。

「たしかめたのか」

「うん……。あ、脱がせてみたわけじゃねえからな。むこうが勝手に……じゃなくて！み、見せてくれたんだ！　オレがあんまり櫂じゃねえかって騒ぐもんだから……」

「ほう……。親切だな」

不機嫌そうに呟いて、櫂は千尋から目をそらした。

少し怒ったように胡芋を齧り、お茶で流しこむ。

（やっぱ、嫌だったかな、蓬萊王にそっくりなんて話……）

反省して、千尋はうつむいた。

「ごめんな。嫌な話して。……でも、知らねえと、おまえ、蓬萊王の兵隊に見つかって、間違われたりするかもしれねえし……」

「兵隊は、王の顔なんか知らんだろう」

「そうなのか？」

自分の仕える主君の顔を知らないということがあるだろうか。

不思議そうにしていると、櫂が説明してくれた。

「この世界には写真はないんだ。あるのは、絵姿くらいだ。それも画家が想像で描いたようなやつで、当人には似ても似つかない。直接、会える身分じゃなければ、王の顔など知らんはずだ」

「写真……ねえのか」

そういえば、鵬雲宮でも近代文明に属するものが何もなかった。

電気も水道もないし、何をするにも人の力が頼りだ。

「でもさ……蓬莱王の顔を知ってる奴もいるかもしれねえだろ。いちおう気をつけろよ」

「わかった。おまえも、俺が蓬莱王にそっくりだって話は迂闊《うかつ》に他人にするなよ。蓬莱王がこの国の人間にどれだけ嫌われているか、知ってるな？」

眉根をよせて、櫂が言う。

「あ……うん……」

「王と同じ顔ということで、鬱憤《うっぷん》晴らしに嬲《なぶ》り殺《ころ》されてはたまらんからな」

皮肉めいた目になって、櫂が呟く。

（嬲り殺される……!?）

ゾッとして、千尋は櫂の顔を見つめた。そんなことは、考えたこともなかった。

自分たちが今いるのは、そういう血腥《ちなまぐさ》い世界なのか。

「絶対言わねえよ。姜尚さんにも叔蘭《しゅくらん》さんにも。おまえも冗談でも口に出すなよ」

「大丈夫だ。俺も身分の高い奴に会う可能性がある時は、気をつける」

ポツリと呟いて、櫂はしばらく黙りこんだ。

斜め格子の窓の外を、木の車輪のガラガラいう音が通り過ぎていく。

「王宮では、ひどい目にはあわされなかったようだな」

やがて、ためらいがちに櫂が口を開く。

櫂は櫂で、千尋に鵬雲宮でのことを訊いていいのかどうか、迷っていたらしい。

「あ……うん……。牢《ろう》には入れられたけど、飯はちゃんと出たし……」

「蓬萊王、どんな奴だった？」

感情を押し殺した声で、燿が尋ねてくる。

やはり、顔がそっくりだと気になるようだ。

「よく……わかんねえ。そんなに性格がわかるようになるまで、一緒にいたわけじゃねえし……」

それなのに、好きだと告白されてしまったことを思い出して、千尋は少し動揺した。

（あっちは、そういう趣味もあるんだ……。燿にはなくて、助かる……）

千尋の視線が揺れるのを見、燿もまた微妙な表情になった。小さな声でボソリと言う。

「何もされてないんだろうな？」

「な……何もされてねえよ！　されるわけねえだろ！　変なこと訊くなよ！」

言いながら、千尋は涙目になった。

（バレねえようにしなきゃ……。絶対、バレねえように……）

燿は気まずそうに視線をそらし、「そうか」と呟いた。

千尋はお茶をごくごくっと飲み干し、唇を拭《ぬぐ》った。燿に気づかれないように、少し多目にこする。

（ちゅーなんかしやがって……あの変態野郎……！）

気がつくと、櫂と目があった。

櫂はひどくつらそうな表情になって、呟いた。

「おまえを護るつもりだったのに、すまなかった。ずっと側にいるつもりだったんだが」

「え？　そんなこと考えててくれたのか。……いいよ、気にしなくて。こうやって再会できたわけだしさ」

空になった茶碗《ちゃわん》を寝台の側の小さな卓に置き、千尋は薄明るい天井を見上げた。

雪洞の明かりが、室内を淡く照らしだしている。

「……にしても、なんで同じ顔なんだろうなあ」

応えは期待していなかったが、短い沈黙の後に櫂がボソリと呟く声がした。

「こっちにくる時、おまえは巫子姫《みこひめ》を選んで、俺は蓬莱王を選んだろう？」

「うん……」

「もしかしたら、そのせいかもしれないな。俺たちは楊《よう》叔蘭に召喚されたらしいが、その時、何かで、この世界とむこうの世界のゲームがリンクして、蓬莱王の外見が俺のものになったのかもしれない。……何かのバグで」

「やっぱ、ゲームのなかの世界なのかなあ、ここ……」

それにしては、あまりにも日々の生活がリアルすぎるのだが。

（ゲームなら、腹減らなかったり、風呂《ふろ》入らずにすんだりしそうなもんだけどなあ……）

「わからん。俺は、たまにこっちが現実のような気がしてくることがある」

呟く櫂の瞳は、千尋には視《み》えないものを視ているようだ。

（やだな……。こいつ、遠くに行っちまいそうだ……）

千尋は慌てて櫂の腕をつかみ、その視線を自分のほうに引き戻した。

「違うよ。現実はあっちの世界にあるんだ、櫂。ちゃんと戻らねえと」

櫂は深い眼差《まなざ》しでじっと千尋を見下ろし、うなずいた。

「そうだな。俺たちの世界は、ここじゃない」

「だろ？　こっちが現実じゃねえぞ」

一生懸命に言うと、櫂がふっと笑った。

（ホントにわかってるよな？　あんまり、こっちに馴染《なじ》みすぎるなよ。オレたち、現代の高校生なんだからな）

「わかってる」

言いたくても言えなくて、千尋は手のなかの干し果物に視線を落とした。

あまり、こちらの食べ物を食べるのもよくない気がする。

日本神話で、黄泉《よみ》の国の食べ物を食べてしまったために、地上に戻れなかった女神がいたはずだ。

（でも……食べなきゃ腹が減る。腹が減ったらＨ　Ｐ《ヒットポイント》が減るんじゃなくて、ホントに飢えるんだよな、ここの世界……）

短い沈黙がある。

「で、これからどうするつもりだ、千尋は？」

さり気ない口調で、燿が尋ねてくる。

「どうするつもりって？」

「だから、帰る道を捜すのか、それとも李《り》姜尚のところに井戸のことを知らせに行くのか？　知らせに行っても、もう水の根が断たれて、井戸は使いものにならなくなっているかもしれないが」

岐路《きろ》に立たされているのだと、千尋は思った。

姜尚たちのところに行けば、たぶん戦いに巻きこまれる。

「見て見ぬふりをしてもいいんだぞ、千尋。どっちみち、俺たちにはあいつらを助けるような力はないんだ。むこうに帰ることを優先しても、誰も責めないだろう」

優しい声で、燿が言った。

「でも、そんなの納得できねえ……。人として、許されるのか？」

疫病が流行《はや》れば、人が死ぬのではないか。

病人が大勢出て、弱ったところに総攻撃をかけられたら、姜尚たちはどうなるのだろう。

たしか、以前、櫂も言っていたはずだ。

——牢に入れられる。反逆罪は軽い罪じゃない。大貴族どもの強硬論が通れば、そのまま死罪だろうな。

「オレが行けば……死なくてすむ奴がいるんじゃねえのか？」

千尋を見つめる櫂の瞳は、深い湖のように底が知れない。

「いるだろうな」

「でも、行かなきゃ、誰かが死ぬんだ……」

「行ったことによって、死ぬ人間だっているかもしれない。最善の道が何かなんて、誰にもわからない。死ぬのは、おまえだという可能性もある」

櫂の声は、あくまで冷静だ。

千尋は、ブルッと身震いした。

（櫂……変わった……）

こんなにシビアに物事を判断する人間だったろうか。

五年という歳月は、やはり櫂を変えたのだ。

その変化が少し悲しかった。

高校生だった頃の櫂なら、今の自分と同じ立場に立たされた時、どう判断したろう。

それをとても知りたかったが——もう知る術《すべ》はなかった。

「おまえは姜尚さんたちを見殺しにして、一緒に帰ろうって言ってるのか？」

責めても詮《せん》ないことだとわかっていた。燿だって、きっとつらいのだろう。

燿の瞳がわずかに揺れた。

「俺は、帰るのが一番いいと思っている」

「燿……！」

「だが、おまえは心残りがあって、帰りたいけど、帰りたくないんだろう？」

「うん……」

「じゃあ、伝えることを伝えたら、俺たちは深入りせずに撤退しよう。それなら、つきあってやってもいい」

「いいのか？」

あれだけ厳しいことを言っていたので、まさか、燿のほうから歩みよってくれるとは思わなかった。

燿は大人びた表情で千尋を見、かすかに笑った。

「かまわん。おまえと離れる気はないしな。抱き枕機能つきのボディガードってのも悪くないだろ？　代金は、戻ったら中村屋のカレーおごるってことで」

「バ……バカ野郎！　一人でだって眠れるよ！　何が中村屋のカレーだよ。……ったく、他人《ひと》が真剣に考えてる時に」

「俺も真剣だ。いちおうな。考えてみたら、臥牛に行くのも悪くない。おまえが巫子姫ルートで動けば、状況が変わる可能性もある。まだ現れていないゲートが現れるかもしれないし、新しい情報が出てくるかもしれない」

明るい声で、櫂が言いだす。

まだ迷っているのを承知のうえで、背中を押してくれようというのか。

（ああ、やっぱり櫂だな……こういうとこ）

一人ならば、途方に暮れていたかもしれないが、櫂がいてくれるだけで、こんなにも気持ちが楽になる。

自分が巫子姫らしい行動をとることで、状況が変化する可能性は考えていなかった。

それに賭《か》けてみるのもいいかもしれないと思った。

（おまえがいてくれて、よかった……ホントに）

「じゃあ……臥牛に行こう。情報を知らせて、オレたちは自分たちの世界に帰ろう」

そううまくいくのかどうかは、わからない。

それでも、櫂はニッコリ笑って、うなずいてくれた。

「よし。それで決まりだな」

ホッとしたようにのびをして、櫂は寝台に横になった。

毛布を広げ、隣にスペースを作る。

「来いよ、千尋」

当然のように手招きされて、千尋は戸惑った。

「え……？」

（そりゃあ、まあ、ベッドは一つだけど。なんで、そこで当たり前みたいな態度？

……っていうか、そもそも、なんでベッド一つしかねえんだ？　安い宿だからか？）

少し疑問に思ったものの、ほかに寝る場所もない。

ないといえば、パジャマもない。

昼間の服を着たまま寝るのも、なんだか落ち着かない気がした。

こういう世界で、贅沢《ぜいたく》を言ってもしかたがないのだが。

「服着たままでいいのかなあ」

ボソッと呟いて毛布のなかに潜りこむと、ふいに燿が咳《せ》き込《こ》んだ。

「大丈夫か、燿？　この毛布、埃《ほこり》っぽいのかな」

「いや……そういうわけじゃないが。びっくりさせるな」

「ん？　なんで？」

燿の側で寝心地のいいポジションを探してゴソゴソしながら、千尋は顔をあげた。

燿の顔がまぢかにある。

（げ……。あいつそっくり。やべえな……）

やや薄めの唇の形も記憶にあるとおりだ。
千尋は慌てて視線をそらし、櫂に背中をむけて目を閉じた。
櫂がわずかに身を起こす気配がして、枕もとの雪洞がふっと消えた。
室内は、真っ暗になる。斜め格子の入った窓のむこうだけが、ほのかに明るい。
後ろで、ため息と衣擦《きぬず》れの音が聞こえ、そっと身体に櫂の腕がまわった。
一瞬、千尋はドキリとして、身を硬くした。
後頭部に櫂の額が押しつけられる感覚がある。
(……っていうか、おまえがオレを抱き枕にしてどうするんだよ?)
憮然《ぶぜん》として、千尋は櫂の腕をつかんだ。
指をからめるようにして手を握られ、さらにムッとする。
(なんだよ。この寂しがりやさんは)
押しのけようと思ったが、なんだか面倒になって、千尋は目を閉じた。
うなじに櫂の息がかかっている。
すぐ側で、同じ世界に属する生き物が呼吸している。
それだけで、なんとなく安心できる気がした。
(帰ろうな、櫂……。一緒にオレたちの世界へ)
背後から聞こえる規則的な呼吸がしだいに深く、静かになっていく。

それにつられるようにして、千尋もとろとろと眠りに誘いこまれていった。

＊　＊

柏州随一《ずいいち》の大都《だいと》にして、柏州長官である太守《たいしゅ》の直轄地《ちょっかつち》——臥牛は豊かな土地だ。背後を臥《ふ》せた牛の形の山に抱かれた港町で、富裕な商家も多い。臥牛山の麓《ふもと》に建つ大学には、この臥牛出身の学生たちも少なくはない。

そのせいか、街には大学に立てこもった学生たちに対して同情的な空気があった。だが、駐留する兵士の数が増えてくるにしたがって、人々の口は重くなってきている。

柏州大学はいびつな五角形の土地にめぐらした堀と石の塀、それに敷地の中央の大講堂と城壁のように大講堂を囲む五つの建物からなっていた。

今、大学の構内には、銀の糸で神獣の文様を刺繍した青い旗や「乗長風破万里浪」の七文字を書き殴った旗がひらひらしている。

そんな構内の一角に、長風旅団の学生たちの司令室が作られていた。

広い部屋には飴色《あめいろ》の机が二つ持ちこまれ、壁に青い旗が交差するように二枚飾られ、古びた寝台まで置かれている。

緊迫した空気のなか、司令室の前の廊下で一頭のパンダが壁によりかかって座り、無心

ている。

相変わらず質素な紺の袍《ほう》と青い帕《はちまき》という格好だ。腰には、実用一点張りの佩剣《けん》が下がっ

姜尚がその前にしゃがみこみ、目を細めてパンダをながめている。

「うまいか、芳芳ちゃん」

に笹《ささ》を齧っていた。


通りかかった叔蘭がその光景を見て、苦笑した。

「ここだけは、のどかですね」

こちらも白い袍に紫の帯という巫子の装束だ。長い銀色の髪は背中で束ねてある。

姜尚が叔蘭を見上げ、ニヤリとした。

「殺気立ってもはじまらん。俺がピリピリしたら、下の連中がもたん」

「まあ、そうですが。それにしても、脱力するような光景ですね」

「可愛いだろ?」

「それは、たしかに」

叔蘭は、苦笑した。

姜尚は父親が亡くなり、弟と一緒に他人の家に預けられていた頃、森の中で親にはぐれた妖獣の子を拾った。それが、芳芳だ。

赤ん坊だった芳芳は、姜尚によく懐いた。姜尚のことを親だと思っているのかもしれな

い。姜尚も、芳芳を我が子のように溺愛《できあい》している。どこへ行くにも連れていき、寝る時も一緒に寝ている。

あまりに溺愛の度が過ぎて、恋人にふられたことさえある。

美しい恋人に投げつけられた「私とその大熊猫とどっちが大事なの⁉」という台詞《せりふ》は、今でも姜尚の悪友たちのあいだで語り草になっている。

その時、姜尚は「芳芳……かな」と答えて、平手打ちを食らい、夕方の川辺に置き去りにされたのだ。

恋人が別の男と結婚したと知ったのは、それから一月ほど後のことだという。

「それより、柏州侯のご様子はどんな感じだ？」

姜尚が上目づかいに叔蘭を見て、尋ねる。

神獣は清浄な地を好む生き物であり、人が大勢いる土地はあまり好まない。祠堂の周囲で流される血や死者の穢《けが》れ――死気などを浴びて、どうしても弱っていってしまうのだ。

だから、ほとんどの祠堂は里の郊外にひっそりと建てられている。

しかし、この柏州の祠堂はめずらしく人の集まる大学構内に建てられていた。

もとの祠堂は郊外にあったのだが、嵐《あらし》で壊れたため、一時的に移したものがそのまま定着したのだとも、国の未来を託す若き官吏の卵たちに神獣の加護があるように、あえてここに建てられたのだとも言われているが、実際のところはわからない。

祠堂の周囲は立ち入り禁止とされ、柏州の老巫子、張宝融《ちょうほうゆう》によって護られてきたが、それでも立地条件が悪いため、神獣は力の半分も発揮できないままである。

「だいぶ弱っておいでのようです。千尋さまがおいでの時のように、お姿を視ることはかないませんが」

叔蘭は、表情を曇らせた。

運の悪いことに、張宝融は十日ほど前、見張り台から足を滑らせて落ち、手首と脛《すね》の骨を折って寝込んでいる。

叔蘭はやむなく代理として、毎朝、祠堂を清め、花を捧《ささ》げていたが、伝わってくる神獣の気配は日に日に衰えてきていた。

巫子の言葉に、姜尚も眉根をよせた。

「そいつはまずいな……。お姿を視せることさえできれば、柏州軍の連中も浮き足立つはずだが……無理か」

「千尋さまがおいでにならなければ、不可能でしょう。……姜尚さま、いっそ、芳芳に神獣の幻を作らせ、敵の動揺を誘ってはいかがでしょうか」

叔蘭の言葉に、姜尚は難しい顔になった。

「むこうにも、道師はいる。妖獣に術を使わせても見破られる可能性のほうが高いだろう」

「では、ただ黙って籠城《ろうじょう》をつづけますか？」

「俺たちがここに籠もって、動かねぇことに意味があるんだぜ、叔蘭。食料は乾燥食だけで三月は保《も》つだけ貯《た》めこ《こ》んだ。臥牛の白鎮会《はくちんかい》も俺たちの味方についた。大学に何かあれば、白鎮会の総代が柏州の太守に『王をなんとかしろ』とねじこむ手はずになっている」

白鎮会というのは、蓬莱国でも一、二を争う穀物問屋の組合である。商人の集まりではあるが、国家の食を握っているだけに、その勢力は無視できない。

「それに、兵たちの大半は狩り集められてきた農民だ。収穫の時期になれば、畑に帰りたかろう。つまり、収穫までのあと一月半、持ちこたえればいい。それで状況は動く」

姜尚は芳芳に新しい笹を渡し、白黒の頭を撫《な》でてやった。

芳芳が姜尚を見上げ、うれしげにまーと鳴いた。

その時だった。

バタバタと足音が近づいてきたかと思うと、長身の美青年が姿を現した。

華やかな金髪と翡翠色《ひすいいろ》の瞳――姜尚の弟、睡江《すいこう》である。緑の地に紫や青で刺繍の入った派手な袍を着て、腰に優美な銀の佩剣を帯びている。

「兄さん、やられた。井戸の水位が下がっている」

「何？」

姜尚が弟を見、眉根をよせた。叔蘭もハッと顔色を変える。

「水の根を断たれましたか」

「そうだと思うよ。昨日から兵が鍬《くわ》や筵《むしろ》を持って歩いているから、おかしいねって話をしてたんだ。てっきり、大学の下まで地面を掘る気かと思ってたんだけど」

睡江の言葉に、姜尚は立ちあがり、ため息をついた。

「その報告は受けてないぞ、睡江」

「そうだっけ？　とにかく、井戸まで来てよ。もし、本当に井戸がやられてたら、籠城どころじゃなくなる」

司令室前の廊下に、重苦しい沈黙が下りた。

姜尚が早口に言った。

「睡江、大学のなかにある水を一ヵ所に集め、見張りを立てろ。こぼすなよ。川の水は沸騰させてから飲めと伝えろ。生水は腹を壊すから、絶対に飲ませないように」

「わかった！」

睡江が身を翻し、走りだしていく。

姜尚と叔蘭は睡江とは逆の方向――中庭のほうへ駆けだした。

井戸のほうから、学生たちの動揺した声が聞こえてくる。

＊　＊

井戸が機能しなくなって、五日が過ぎた。

井戸の水の根を断たれた柏州大学は照りつける夏の陽射しの下、干涸《ひから》びかけていた。

柏州軍は地狼を召喚し、大学のまわりに放った。

陰の気の化身である地狼たちがうろつくだけで川の水は苦くなり、作物は枯れた。

町でも、陰の気にあてられた病人が出はじめていた。

怨嗟《えんさ》の声は、日に日に高くなっていく。

それでも、学生に対する怒りの声は、ほとんど聞かれなかった。

地狼を召喚したのが、柏州軍だというのが知れわたっていたせいかもしれない。

強い陽射しが翳《かげ》り、夕闇が訪れる頃、大学の厚い石積みの壁と堀のむこうから、よくとおる男の声が聞こえてきた。

「投降するがいい！　長風旅団の頭目、李姜尚、荊州《けいしゅう》巫子《ふし》、楊叔蘭、柏州巫子、張宝融、この三名の身柄を差し出せば、他の者どもの罪は問わぬ！　諸君らは蓬萊国の宝である！　武器を捨て、国のために学ぶことこそ、諸君らのなすべきことではないか！」

今日だけのことではない。呼びかけは、朝晩繰り返されている。

それに対して、怒鳴りかえす者もいたが、五日目ともなると声は出ない。

しだいに、夕映えが金から赤に変わり、鉛色や薄紫の雲がたなびきはじめる。

涸れた井戸の前で、姜尚は芳芳を抱いて座っていた。

妖獣も渇いているのか、しきりと姜尚の指を吸う。

「姜尚さま、明日の夜明けに敵が総攻撃をしかけてくるそうです」

疲れたような声がした。

見上げると、叔蘭が立っている。その銀の髪は艶《つや》を失い、巫子の衣も土埃《つちぼこり》で汚れていた。

神獣の加護があれば、巫子は強い霊力を持つ。

しかし、叔蘭の傍らにあるべき荊州の神獣はもういない。

その絶望は、どれほどのものだろう。

「いよいよか」

姜尚は芳芳を離し、ゆっくりと立ちあがった。

肩を並べると、頭半分、叔蘭のほうが低い。

「蓬萊王は地上で悪事を積み重ね、天に昇って凶神にでもなる気かもしれませんね。……荊州の祠堂を壊した蓬萊王の姿、今も目に焼きついていますよ。炎を背にして、鎧が血のように赤く見えました。怖ろしい……」

叔蘭の美しい顔に一瞬、怯《おび》えとも憎悪ともつかない表情が浮かんだ。

遠くを見つめる巫子の胸を、姜尚は軽く叩《たた》いた。

「笑え」

「え……？」

「しんどい顔してんじゃねえよ、バカが」

叔蘭は呆気《あっけ》にとられたように姜尚を見、ふいに表情を緩めた。張りつめていた気配が、ふっとやわらぐ。

「ああ、すみません。空元気も大事ですね」

「酒蔵にまだ酒があったな」

「よけいに喉《のど》が渇きますよ」

夕暮れのなかで、叔蘭が苦笑する。

その時、石壁のむこうでどっと笑い声があがり、水音がした。

「あいつら、水を撒《ま》いてやがる」

姜尚はガサガサになった顔をこすり、薄く笑った。

いつの間にか、薄暗い中庭に学生たちが出てきている。その数は三十人ほど。

残りの者たちは横になったまま動けないか、川の水を飲んで病に倒れているか、どちらかだろう。

地狼が現れてからというもの、川の水には陰の気が混じり、煮沸《しゃふつ》しても毒をとりのぞくことはできず、身体《からだ》を害する者が続出していたのだ。

その時、学生たちの輪のなかから、気弱な声が聞こえてきた。

「もう……ダメなんじゃないか」

「投降したほうがいいんじゃゃ……」

学生たちは顔を見合わせた。

投降しても、助かる望みは少ない。罪には問わないという言葉を、誰が信じるだろう。

それでも、追いつめられれば、一縷《いちる》の望みにすがりつく者も出てくる。

(そろそろ、潮時か)

姜尚は、腹のなかで思っていた。

「叔蘭、白鎮会と連絡をとって、地下通路から病人と弱ってる奴らを逃がせ。ここには、少人数が残ればいい。それでも意味はある」

「わかりました」

叔蘭が、歩きだそうとした時だった。

再び、水を撒く音がした。

「あいつら……!」

ふいに、瘦《や》せた学生の一人が見張り台にむかって、よろめきながら上っていった。手に、青い旗を持っている。

角《つの》のある純白の獣を刺繍した旗。長風旅団の旗印だ。

「あ、おい……！　危ねえぞ！」

姜尚が制止しようとした時、学生が力いっぱい青い旗を振りはじめた。

「負けるもんか！　王の狗《いぬ》どもが！　神獣さまは、ここにいる！　俺たちが護る！」

叫びは、落日の最後の金の光のなかに響きわたった。

みな、眩《まぶ》しいものでも見るように青い旗を振り仰いでいた。

忍びよる夕闇のなかで、神獣の刺繍が銀に煌《きら》めく。

「柏州侯、万歳！」

その叫びにつられるようにして、仲間たちのあいだからも嗄《しわが》れた声があがる。

「万歳！」

「帰れ、王の狗！」

それに応えるように、青い旗もいっそう激しくうち振られる。

「俺たちは負けない！」

痩せた学生が絶叫する。

その瞬間、どこからともなく矢が飛んできた。

「危ねえ！　下りろ！」

姜尚が見張り台にむかって駆けだす。

乱暴に引きずりおろされた学生は肩で息をしながら、地面に座りこみ、激しく震えていた。

「バカが。死ぬぞ！　死んだら、意味がねえだろうが！」

姜尚は学生の頬《ほお》を軽く平手で打ち、その目を睨みつける。

その時だった。

叔蘭が小さく叫び、暮れかかる空を指差した。

何かの予感に突き動かされたように、姜尚もまた夕空を見上げた。

そこには、巨大な翼龍の黒い姿があった。

(柏州軍の伝令か……？　それにしては、妖獣が立派すぎる)

ひどく嫌な予感がした。

学生たちも、ざわめきはじめる。

翼龍は不吉な翼を羽ばたかせ、あきらかにこの中庭めがけて降下してくる。

「弓だ！　応戦しろ！」

姜尚は、剣をぬいた。

数人の学生たちが脇腹《わきばら》を押さえながら、懸命に建物のほうにむかって駆けだす。

叔蘭も、すっと衣の懐《ふところ》から白い符《ふ》をとりだす。

その時、夕闇のなか、翼龍の上で何かが翻った。
（あれは……？）
姜尚の目が、見開かれる。
同時に、大講堂の軒下から矢が放たれた。
「待て、射つな！」
姜尚が制止の声をあげる。
黒い翼の上で、あきらかに青い旗がうち振られていた。
芳芳がまーまー鳴きながら、翼龍の真下に駆けだしていった。

第六章　純白の獣

ヒュンヒュンと音をたてて、矢が飛んでくる。

黒い翼龍《よくりゅう》は、矢のなかを大学の中庭にむかって降下していった。

宵闇《よいやみ》が迫るなか、石壁の内と外で、玩具《おもちゃ》の人形のように小さい人影が弓を構え、こちらを狙《ねら》っているのが見える。

「しっかり、つかまっていろ」

燿《かい》の声がすぐ側《そば》で聞こえた。

（死ぬー！　死んじまう！）

千尋《ちひろ》は心のなかで悲鳴をあげ、燿の革鎧《よろい》の背にしがみついた。ハーネスのようなものはつけられていたが、細い革なので、まったく信用できない。

急いで臥牛《がぎゅう》にいきたいとは言ったが、まさか、こんなものに乗せられるとは思わなかったのだ。最初に見た時は、正直、怖くて近よることもできなかった。

（燿、こっちの世界に馴染《なじ》みすぎ……！）

バサッと音がして、目の隅で青い布が翻《ひるがえ》るのが見えた。耀が大きな布を握って、左手で掲げている。

暗い中庭から飛んでくる矢の数が、あきらかに減った。

ふいに、翼龍がバランスを崩したように大きく右に傾いた。

「ぎゃあああああーっ！」

つづいて、翼龍の頭部が深く沈みこむ。まるで、ジェットコースターだ。

半泣きになった頃、激しい衝撃とともに、千尋は翼龍の背から投げだされた。

「ぎゃあああああーっ！」

天地がわからなくなり、もうダメだと思った瞬間、身体《からだ》が地面に転がり落ちた。

痛みはなかった。

いつの間にか、耀に抱えられている。落ちた時も、耀がクッションになってくれたようだ。

（た……すかったのか？）

気がつくと、翼龍が大学の石壁の前で、翼を広げたまま、ひっくりかえっている。石壁には翼龍の頭ほどの穴が開いていた。どうやら、さっきの衝撃はこれだったらしい。

「敵襲！」

「射て！」

中庭では、学生たちが右往左往している。

また矢が飛んできた。

櫂が顔をしかめて立ちあがり、もう一度、左手で青い旗を掲げてみせた。

「敵じゃない。攻撃するな」

パンダがよたよたと近づいてきて、千尋の足に前脚をかけてきた。

まー！

「芳芳《ほうほう》……ちゃん……」

千尋の声に、パンダは濡《ぬ》れた鼻づらを押しつけてきた。

千尋はパンダの頭を撫《な》でてやり、立ちあがった。膝《ひざ》がガクガク笑っていて、今にも地面にへたりこみそうだ。

「大丈夫だったか、千尋？　すまん」

櫂が千尋の腕をつかんで、ささえてくれる。

「今の……翼龍、やられたのか？」

「いや、鳥目なんだ。陽が落ちる前に着くつもりだったんだが」

櫂は、すまなそうに言った。

(急にコントロールがおかしくなったのは、そういうことかよ)

王都を出て、一日半。超特急なのはいいが、二度と乗るのはごめんだと思った。

翼龍はのろのろと起きあがり、頭を振っている。あれだけ派手にぶつかったのに、怪我はないようだ。

「千尋さま……！　燿殿！」

叔蘭《しゅくらん》が信じられないといった表情で、こちらに歩みよってきた。

学生たちが不安げにざわめく。まだ、矢をつがえ、剣を構えた者もいる。

千尋の宝石を縫いつけた高価な絹の服を不審そうに見る者もいた。

叔蘭が仲間たちを振り返り、武器を下ろすように手で合図した。

「大丈夫です。このかたたちは、味方です。姜尚《きょうしょう》と私の友人ですよ」

（友人……）

そう言ってもらえて、千尋はホッとしていた。一緒に大学まで来ることのできなかった自分たちのことを、やはり恨んではいなかったのだ。

たぶん、嫌われてはいないと思っていたが、実際に温かく迎えてもらえるまでは少し不安だったのである。

（ダメだな。オレ、ホントに人間が小せえ……）

傷つくのが怖くて、家族と燿以外の者を無条件に信頼することができない。

みんなと一緒にいる時は楽しく話をしていても、一人になると、ふと「本当は嫌われているかもしれない」と思って、心のなかで予防線を張ってしまう。

叔蘭も姜尚も、自分のことを受け入れてくれているのに。

「よく、こんなところまで……。お二人とも、帰らなかったのですか？」

叔蘭は、うれしげに微笑《ほほえ》んだ。

櫂が学生たちをチラリと見、肩をすくめた。

「帰る途中だ。遺跡から帰るのは無理だとわかったが」

「そうですか……。来てくださって、うれしいです」

櫂の言葉に失望したろうに、あくまでも叔蘭の表情は穏やかだ。

だが、よく見ると瞳《ひとみ》には力がなく、頰《ほお》には血の色がない。

（ちゃんと食ってねえんだろうな）

千尋の胸が、チクリと痛んだ。

まわりの学生たちも痩《や》せて、土気色の顔をしている。

自分が蓬萊王《ほうらいおう》のもとで、冷めた豪華な食事を出されていた頃、この学生たちがどんな食生活をしていたのかと思うと、たまらなくなる。

「子細《しさい》は、なかで聞こう」

姜尚は、大講堂のほうを示した。

千尋と櫂はパンダにつきそわれるようにして、姜尚の後から歩きだした。

「で、わざわざ来てくれた用件は？」

司令室に入ったところで、姜尚が尋ねてくる。

明日の朝に敵の総攻撃があると知らされた後だ。

柏州軍《はくしゅうぐん》は翼龍がきたのを見て、学生側の出方をうかがうことにしたらしい。今は静かに大学を包囲している。

「蓬莱王が、井戸の水の根を切ろうとしてるんだ」

勢いこんで、千尋は言った。姜尚と叔蘭が顔を見合わせる。

「知っている。……というか、五日前にやられた」

姜尚がボソリと呟《つぶや》いた。

(遅かったんだ……)

「そっか。ごめん。……役立たずで」

千尋は荷物をゴソゴソとかきまわし、今日の昼食の後、水をつめなおした革袋を机の上に置いた。

「これ……差し入れ。ちょっとしかねえけど」

＊　　＊

叔蘭が微笑んだ。

「何よりの差し入れですよ、千尋さま。いえ、差し入れよりも、あなたが来てくださったことで、どれほどホッとしたか」

（やべ……。戦力として期待されてる？）

千尋は居心地の悪い思いで、曖昧《あいまい》に笑った。

なんと言えば、がっかりさせずにすむのかわからない。

櫂がそんな千尋の肩を軽くつかんだ。

「すまんが、俺たちは長居はできない。井戸の件を知らせにきて、すぐに帰るつもりだったんだ」

姜尚は苦笑した。

「はっきり言う奴だ。まあ、そのほうがこちらもやりやすいが。今すぐ帰るのか？　せっかくだから、柏州侯に挨拶《あいさつ》していってくれないか」

「柏州の……神獣か」

「そうだ。最近、元気がないらしくてな」

千尋は、チラリと櫂の顔を見た。

（どうしよう）

目で尋ねると、櫂が「しかたがない」と言いたげな目をする。

「じゃあ……ちょっと挨拶するだけ」

姜尚は初めて、心の底からのように微笑んで「助かる」と言った。

叔蘭もじっと千尋を見、頭を下げた。

「感謝します、千尋さま」

そんな態度をとられると、かえってつらくなる。

(オレはこの世界で戦うわけにはいかねえから……)

せめて、神獣だけでも元気づけて帰ろうと思った。

＊　　＊

柏州の神獣の祠堂は、小さな石の建物だった。

木の扉を開けると、ほのかに香り草のような匂《にお》いがした。

叔蘭の手にした角灯の光が、石の床と壁を照らしだす。

祠堂の奥に灰色の石の祭壇があり、野の花が飾られているのが見えた。

(神獣……どこにいるんだ?)

千尋が思った時、どこからともなく澄んだオルゴールのような音が聞こえてきた。

(ああ……また、あの音だ……)

音とともに、祭壇のまわりで、ぼうっと蛍火のような青い光が点《とも》りはじめる。だが、光は不安定に明滅し、今にも消えていきそうだ。

「これは……」

後ろで、櫂が驚いたように呟くのが聞こえた。

千尋は大きく息を吸いこみ、祭壇に近づいていった。

「神獣？」

なんと呼んでいいのかわからなくて、マヌケな呼び方になってしまった。

それに応《こた》えるように、祭壇の裏側でミューという鳴き声が聞こえた。

慌てて、千尋は祭壇の裏側にまわった。

そして、息を呑《の》む。

（嘘《うそ》……！）

そこにいたのは、子山羊《こやぎ》のような生き物だった。額に申し訳程度の角《つの》がついている。

純白のはずの毛並みは薄汚れ、痩せて、ぐったりしていた。

「なんで、こんなことに……！　かわいそうに……」

思わず抱えあげると、小さな神獣は千尋の胸に頭をすりつけてきた。

――遅かったぞ、桃花《とうか》。

「え……。いや……オレ、桃花姫じゃねえし」

否定してみたものの、小さな獣からどっと安堵《あんど》の念が押しよせてきたので、千尋はそれ以上、何も言えなくなってしまった。

瘦せた身体をそっと撫でてやる。手のひらに伝わってくる体温は低い。

「大丈夫か？　こんなに瘦せて……」

――お腹《なか》空いた。

甘えるような思念が流れこんでくる。

姜尚、叔蘭、櫂の三人も驚いたようにこの光景を見下ろしていた。

「こんなにお小さかったとは……」

姜尚が声をつまらせた。

千尋は、姜尚と叔蘭を見上げた。

「瑞香《ずいこう》、どこに生えてるんだ？　オレ、とりに行くよ」

叔蘭が目を伏せ、首を横にふった。

「大学の構内には咲いていません。柏州軍が地狼《ちろう》を召喚したせいで、陰《いん》の気が強まっているのです」

「地狼を召喚……!?　あいつらは、陰の気の化身だって言ってなかったか？　増えると、よくねえんだろ？」

「そうです。……王は我々をつぶすために、臥牛ごと陰の気の海に沈めるつもりです。とても正気とは思えません」

(蓬莱王……)

月季《げっき》の顔を思い出し、千尋は身震いした。

自分が鵬雲宮《ほううんきゅう》にいるあいだに、地狼召喚の命令を出したのだろうか。

そんな怖ろしいことをするような男には見えなかったのに。

(でも、神獣の祠を壊してるんだ、あいつが……)

「なんとか、できねえのか？　オレにできることは？」

千尋の必死の問いかけに、巫子《ふし》はつらそうな表情で首を横にふった。

「お側についていてさしあげてください。私の時は……兵たちにはばまれ、神獣のお側に近づくこともできませんでした。ですから、せめて、柏州侯が消えてしまわれるまで、千尋さまがお側に……」

「消えるんだ……」

千尋は、腕のなかの小さな白い生き物を見下ろした。

(そんなこと、させちゃいけねえのに)

だが、千尋にできることは今は何もなかった。

しだいに、祠堂の外の闇が深くなってくる。

時刻は、千尋たちの世界の時間ではそろそろ午前二時をまわったころだろうか。

時おり、角灯の炎が揺れている。

どうしていいのかわからなくて、千尋はずっと神獣の側に座っていた。

「脱出するなら、総攻撃直前の明け方だな。兵に飯を食わせるために、柏州軍は篝火《かがりび》を焚《た》いているだろう。それで、鳥目の翼龍にも天地くらいはわかる」

壁にもたれて立っていた櫂が、ボソリと言った。

姜尚は指揮をとるため、パンダを連れて司令室に戻ってしまっている。

叔蘭は眠らず、祠堂の外にいるようだ。

「でも……このままにしておけねえよ、櫂……」

千尋は、櫂の顔を見上げた。

櫂は、無表情のままだ。何を考えているのか、その様子からはわからない。

「ここに残って、桃花姫になるのか」

低い声で、櫂が尋ねてきた。

＊　　＊

「姫じゃねえし。……そんなの無理だ。でも、このままじゃ、このチビが死んじまうよ。オレ、瑞香《ずいこう》探しにいってくる」

「無茶だ。この大学のなかにはない」

「だったら、あの翼龍で探しにいこう。瑞香持って戻ってくるんだ。あと、みんなの水と食料と……」

言いかけた千尋の肩を、櫂がつかんだ。

「千尋、無理だ」

押し殺したような声がする。

「無理……？　なんでだよ？」

「忘れたか。夜は飛べない。それから、数百人分の水をどうやって用意する？　二人でできることには、かぎりがある。翼龍にだって、餌《えさ》を食わせなきゃならないんだ。ここにいれば、かえって迷惑になる」

「それは……どこかに餌をとりに連れていけば……」

「千尋」

なだめるような声に、なぜだか泣けてきた。

自分がだだっ子のようなことを言っているのは、わかっていた。

（オレ……櫂を困らせてる……）

それでも、小さな神獣の命をあきらめたくなかった。すりよってきた、やわらかな身体を護《まも》りたかった。

「櫂……助けて……」

幼なじみの腕をつかみ、懸命に頼みこむ。

櫂は大きく目を見開いて、千尋の潤んだ瞳を見下ろしてきた。

「千尋……」

櫂は何かに耐えるような表情になって、すっと視線をそらす。

その表情で、すべてがわかった。どう考えても、無理なことなのだ。

これ以上、頼みこめば、櫂が苦しい想いをする。

「ごめん。今の、なし。聞かなかったことにしてくれよ。オレ、神獣のとこに戻るから」

せめて、最後まで側にいてやろうと思った。

その時、櫂がボソリと呟いた。

「この大学から臥牛山まで、地下通路がある。通路は脆《もろ》く、崩れる危険がある」

何を思って、櫂がそんなことを言いだしたのかわからない。

千尋は、ただ黙って櫂の顔を見つめていた。櫂は、無表情に言葉をつづける。

「臥牛山は陰の気の影響を受けにくい。もしかしたら、山のなかには瑞香が咲いているかもしれんな」

（え……？）

　まさか、協力してくれると言うのか。

「櫂……もしかして、そこ通って臥牛山に行こうって……⁉」

「神獣を抱えて徹夜するおまえを見ているくらいなら、山に行って戻ってきたほうがマシだ」

　ニコリともせずに、櫂が言った。櫂は櫂なりに、苦しいのかもしれない。

　そんな櫂の優しさに甘えていいのだろうか。

「あの……なんだったら、オレ一人で行くから……」

「阿呆《あほう》。一人で行かせられるか」

「でも、オレの我《わ》が儘《まま》のために……」

「おまえは昔っから我が儘だ」

　ボソッと櫂は呟く。角灯の明かりを受けた顔は、ひどく不機嫌に見えた。

「ごめん……」

「だが、人として間違ったことは言っていないんだろう。見捨てて逃げろという俺のほうが、極悪人なのかもしれない」

「そんなことねえよ。櫂は正しい」

　間違っているのは、きっと自分のほうだ。

それでも、神獣を見捨てたくない。その強烈な想いがどこからくるのか、千尋にはわからなかった。

薄闇のなかで、耀が切なげに微笑んだ。

「そして、俺はいつもおまえにかなわない。勝てるのは身長と腕っぷしだけだな」

「耀……」

「帰ったら、中村屋のカレーをおごれ。二杯分な」

それだけ言うと、耀は足早に歩きだした。

小屋の出口にいた叔蘭を見、衣の懐《ふところ》から出した小さな革袋を無造作に放る。

「なんです、これは？」

叔蘭が革袋を受けとって、眉根《まゆね》をよせる。なかの会話を聞いていたろうに、そのことには触れない。

「陰の気の毒を浄化してくれる石だ。瓶《かめ》に一つ入れて一晩おけば、飲めるようになる。色が黒く変わったら、使えなくなる。その袋に入っているぶんで、半月は保《も》つだろう」

（そんなのがあるんだ……。いつの間に用意したんだろう）

叔蘭が驚きの色を浮かべ、まじまじと耀を見つめた。

「銀丹石《ぎんたんせき》ですね。こんな貴重なものを……。あなた、いったい……？」

「詮索はするな」

耀は無表情に言い、千尋に視線をむけてきた。

「来い、千尋」

「うん！」

千尋は大きく息を吸いこみ、耀の後から駆けだした。

（神獣、絶対に助けてやるからな……！）

＊　　＊

夜の臥牛山は乾いた風が吹きぬけ、大学の構内よりもずっと過ごしやすかった。

十三夜の月が、千尋たちの足もとを照らしだしている。

柏州軍の包囲をぬけ、地下道を通って臥牛山に入ったのは三時間ほど前だろうか。地下道は大勢の学生たちを通したので、あちこち脆くなり、今にも崩れそうになっていた。

（見つかんねえ……）

「こんなにねえもんなのか、瑞香って？」

千尋は杖《つえ》がわりに拾ってきた木の棒で茂みのあいだを調べながら、ため息をついた。

桑州では祠堂のまわりだけで、六、七輪咲いていたのに。

「それだけ、陰の気が強いんだ」

ボソリと燿が呟いた。

(どうしよう。このまま、一つも見つからなかったら……)

不安になっていると、燿が千尋の背を軽く叩《たた》いた。

「あきらめるな。夜明けまでには、まだ時間がある」

「う……うん。がんばる」

とにかく、やるしかないのだ。今さら「瑞香、見つからなかった」ではすまされない。

(そうだ。がんばろう)

千尋は、木の棒をぐっと握りしめた。燿がそんな千尋を見て苦笑した。

「巫子姫《みこひめ》属性なら、武器を装備するのは反則じゃないのか?」

「るせーな。敵が出てきたら、オレも戦うからな。この棒でガシガシ殴って、経験値稼ぐんだ」

「巫女戦士ってやつか。魔法戦士かな。それより、早くセクシーダンス覚えろよ」

「るせーな!」

木の棒で殴る真似をすると、燿は笑いながら逃げだした。

ずいぶん呑気《のんき》だと思ってから、千尋は心のなかで、ふと首をかしげた。

(こいつ、どんだけ場数《ばかず》踏んできたんだよ?)

普通の高校生が五年間、異世界で暮らしただけで、こんなふうになるものだろうか。

状況を判断する力、剣の腕、蓬萊国に対する知識。

どれをとっても、平均以上な気がする。

（誰か師匠でもいたのかな。この世界のこととか、剣とか翼龍の使い方、教えてくれるような人が……）

「なあ、櫂……」

尋ねようとした時だった。ほのかに甘い香りが鼻をくすぐった。

千尋は大きく息を吸いこみ、香りのするほうに歩きだした。

「櫂、いい匂いがする。これ、瑞香の匂いじゃねえかな」

「俺にはわからんが……。こっちでいいのか？」

「うん」

二人で歩いていくと、やがて行く手の草地のなかに、淡く輝く白い花が群生しているのが見えてきた。花はどれも五弁で、咲きはじめたばかりのようだ。

（あ……！）

「櫂、あった！　瑞香あった！　いっぱい咲いてるぞ！」

うれしくて、思わず駆けだした時、背後で櫂の警告するような声がした。

「気をつけろ、千尋！」

「え……!?」

ハッと足を止め、あたりを見まわすと、ざわっと嫌な気配が肌を撫でた。

草地のまわりの暗がりで、いくつもの青白い目が光っている。

(地狼……!)

ふいに、一体の地狼が闇のなかから駆けだしてきて、草地の端に咲いていた瑞香に飛びかかった。

白い花びらがパッと散り、淡い輝きが消える。

千尋の心臓がどくんと鳴った。

(あいつら、花を散らしてるんだ)

地狼が千尋を見、威嚇《いかく》するように鼻に皺《しわ》をよせて唸った。

そのあいだに、べつの地狼が瑞香に飛びかかっていく。

また、パッと花びらが散り、光が消えた。

「やめろ!　瑞香に触るな!」

千尋は棒を握りしめ、地狼にむかっていこうとした。しかし、それを止める声がする。

「地狼は俺が引き受けた。おまえは、瑞香を摘め。早く。一本でも多く」

「わかった!」

とっさに心を決め、千尋は瑞香が密生している場所にむかって駆けだした。

櫂が地狼にむきなおり、剣を一閃《いっせん》させる。

地狼は軽々と後ろに飛びすさり、身を低くして櫂の隙《すき》をうかがった。

つづいて飛びかかってきた地狼が櫂に腹を裂かれ、もんどりうって地面に転がった。傷口から白い蒸気のようなものが噴きあがる。地狼はそのまま縮み、消えていった。

それを横目で見ながら、千尋は草地に膝をついて、手早く花を摘みはじめる。

なぜだか、恐怖は感じなかった。ただ、この花を護らなければならないと強く思う。

少し離れたところで、また一輪の瑞香が地狼に踏みつぶされ、すうっと消えた。

嫌な臭いのする冷たい風が、草地を吹きぬけていく。

その風にあたったとたん、千尋の手のなかの瑞香が、はらりと散った。強まる陰の気に耐えかねたのだろうか。

「ダメだ！　櫂！　摘んだのに、どんどん散ってく！」

「がんばれ！　持ちこたえてくれ！　地狼は、こっちが何とかするから！」

(持ちこたえろって言われたって……！)

千尋は瑞香の小さな花束を見下ろした。外側に近いほうから光が薄れ、散りかけている。胸の近くにある花は、まだ元気だ。

(オレの側にあれば、枯れずにすむのか？)

千尋は少し迷い、棒を離し、両腕で瑞香の小さな花束を抱えるようにして、うずくまった。

薄れた光が、わずかながら回復したようだった。

（頼む……。瑞香……がんばれ）

視界の隅で、光る花がはらはらと散っていく。

いつの間にか、草地の美しい光は消え、残っているのは千尋の腕のなかの花束だけになっていた。

この最後の花束を狙って、地狼たちが千尋を取り囲みはじめた。頼みの櫂は地狼の攻撃が激しく、こちらに近づいてくることはできないようだ。

（櫂……）

ふいに、すぐ側で怖ろしい吠え声がしたかと思うと、服の袖《そで》に噛《か》みつかれた。牙《きば》のあたった部分が、熱湯でもかけられたように鋭く痛む。

まぢかに黒い獣の不潔な毛皮があった。臭い息が顔にかかる。

「あっち行け！」

千尋は必死に腕をふりまわした。その拍子に、また瑞香が散る。

（ダメだ。動いちゃ……）

どうして、自分はこんなことをしているのだろう。神獣のためとはいっても、命を落としたらどうしようもないはずなのに。

ガアアアアアーッ！

後ろから、地狼が飛びかかってきた。首に鋭い痛みが走る。

（痛っ……！）

生暖かいものが首筋を伝うのを感じた。

もしかしたら、大きな血管をやられたのかもしれない。指先が震え、身体が冷たくなってくる。

（オレ……ダメだ。殺される……）

そう思った瞬間だった。

「千尋！」

櫂の声とともに剣がふりおろされる気配があり、地狼が悲鳴をあげ、地面に転がった。

剣が肉を断つ音とともに、ジュッという音が響きわたる。

「もう大丈夫だ、千尋」

声がして、ゆっくりと目をあげると、櫂が心配そうな顔でこちらを見下ろしていた。

空はだいぶ白みかけている。静かな草地に、もう地狼の姿はどこにもない。

「終わった……のか……」

震えながら、千尋は立ちあがり、腕のなかの花束を見下ろした。

そして、息を呑む。

（あ……！）

残っていた花は、わずか一輪だけになっていた。少し花びらの先が萎《しぼ》み、茎がぐにゃっとなっている。

左腕と首がズキズキ痛む。これがゲームなら、もうやめて帰りたい。

だが、リセットボタンはどこにもない。

（こうしようって言ったのはオレだから……泣き言は言わねえ）

「オレは大丈夫だ。一輪だけでも護れて、よかったな」

つらい時ほど笑えと言われたから、笑ってみせる。

それが成功したのかどうかはわからない。

耀がうなずき、どこか切なげな表情で千尋を見下ろしてきた。

「おまえはよくやったよ、千尋」

「耀……」

親友の広い肩ごしに見える空は綺麗な青紫色で、見つめていると鼻の奥がツンと痛くなってくる。

「さあ、手当てして帰ろう。時間がない」

そう言って、耀は千尋の傍らにしゃがみこみ、革鎧《よろい》の腰のあたりから清潔な布や金属の小さな容器をとりだした。

＊　＊

太鼓の音が、夜明けの大気を震わせている。

間もなく、柏州軍の総攻撃である。

中庭には十数人の学生たちが集まり、固唾《かたず》を呑んで、その時を待っていた。

祠堂の前では、叔蘭が壁の神獣の浮き彫りにそっと手を触れ、祈るように目を閉じている。

その横顔を、暁《あかつき》の光が静かに照らしていた。

ふいに、バタバタという足音がして、千尋と櫂が現れた。二人とも息をきらし、足もとは泥だらけになっている。

叔蘭が振り返り、静かに尋ねてくる。

「ありましたか？」

「あった！」

瑞香を持ちあげてみせ、千尋はそのまま祠堂に駆けこんだ。

祭壇の前には、ぐったりとした神獣が四肢を投げだすようにして横たわっている。

（遅かったか……？）

「ごめんな。遅くなっちまった。瑞香とってきたぞ。一輪だけだけど……」

震えながら、千尋は神獣の前に跪《ひざまず》き、黒ずんだ鼻先に淡く光る瑞香を差し出した。

神獣は目を閉じたまま、動かない。

後ろに、櫂と叔蘭が立つ気配があった。二人とも無言のまま、この光景を見守っている。

「しっかりしろ。ほら、瑞香」

花びらを小さな口にあててやると、神獣は弱々しく目を開き、千尋を見上げた。

——桃花……。

「うん。ここにいるから。頼むから、食えよ。少しでも元気つけねえと……」

小さな神獣は時間をかけて千尋の手から瑞香の花びらを一枚一枚食べ、再び目を閉じた。

もう千尋の呼びかけにも応えない。

「やっぱ……一輪じゃダメだったのかな」

自分の非力さが、悔しくてたまらない。

どうして、もっとたくさん瑞香を探してくることができなかったのだろう。

「しかたがない。やれることはやったんだ」

慰めるように、櫂が呟く。

その時、中庭のほうで轟音《ごうおん》が響きわたった。足もとが、弱い地震のように揺れる。

つづいて、翼龍のギシャーッという鳴き声も聞こえてきた。

「なんだ……!?」

「攻撃開始だ」

櫂がすっと立ちあがり、祠堂を出ていく。

千尋も神獣の頭や背中をそっと撫で、立ちあがった。

叔蘭は瀕死《ひんし》の神獣の傍らに膝をつき、じっと動かなかった。

＊　　＊

中庭は、炎に包まれていた。

次々に火矢が撃ちこまれてくる。

石壁を越えてきた巨大な石が、中庭に落ちた。柏州軍は投石機も持ちだしてきたようだ。

翼龍が炎のなかで狂ったように暴れ、夜明けの空に舞いあがっていくのが見える。

「櫂……翼龍が……！　やばい！」

千尋は息を呑み、立ちすくんだ。

翼龍がいなくなってしまったら、空からの脱出もできなくなる。

（オレが我が儘言ったせいで……耀まで……。翼龍さえいれば、耀だけでも助かったはずなのに……）

後悔と不安、死の恐怖が胸のなかで荒れ狂っている。

その時、耀が千尋の頭を両手でつかんだ。

「落ち着け、千尋。まだ大丈夫だ」

静かな瞳が、千尋の目をのぞきこんでくる。

「俺が翼龍を鎮《しず》める。おまえは安全な場所で待て。いいな」

「でも……！」

「建物のなかに入れ！」

それだけ言って、耀は身を翻し、炎の燃える中庭に駆けだしていく。

その前後左右に、火矢が降り注ぐ。

「行くな、耀！　死んじまう！　こんなところで……！」

（ようやく会えたのに）

「いいから行け、千尋！」

振り返って、耀が叫ぶ。

その時、左手のほうから、十数本の火矢がいっせいに放たれた。

耀がハッとしたように火矢のほうを見、動きを止めた。剣をぬき、素早く目の前の矢を叩き落とす。

パッと火の粉が散り、折れた矢は耀から離れたところに落ちた。

しかし、次の火矢が迫っていた。耀は避けられない。

「危ねえっ！」

とっさに、千尋は駆けだしていた。

（耀……！）

火の粉が肌を焦がし、熱風が髪をかき乱す。

（死ぬのか……こんなところで）

目が覚めれば、もとの世界に戻っているのだろうか。それとも、二度と目覚めることはないのか。

「耀！」

「千尋！　来るな！」

体当たりされ、地面に押し倒される痛みは感じなかった。何もかもがスローモーションのようで、現実感がない。

ふいに、視界がパーッと青く光った。

（え……!?）

何かが猛スピードで飛んできて、千尋たちと火矢のあいだに割って入る。火矢が空中で爆発し、飛び散った。

紅蓮《ぐれん》の炎と熱風は、なぜだか千尋と櫂のまわりを避けていく。

千尋は櫂が息を呑む、かすかな音を聞いた。

見上げた千尋もまた息を呑み、呆然《ぼうぜん》としていた。

純白の鹿《しか》くらいの獣が宙に浮いている。獣の額には、やはり白い角が生えている。

姿形は違っていても、それが柏州の神獣だということはなぜだかわかった。

――桃花は、ぼくが護る。

大きくなった神獣はゆっくりと二人の傍らに降り立ち、角の先で千尋の髪に触れてきた。

「おまえ……ボロボロだったのに、こんな無茶して……！」

千尋は、神獣の身体をギュッと抱きしめた。伝わってくる温《ぬく》もりに、胸が痛くなる。

神獣は「平気だ」と言いたげに、馬のような尻尾《しっぽ》をバサッと一振りした。

櫂が身を起こし、信じられないといった表情で神獣を見つめている。

いつの間にか、中庭の端のほうに学生たちが集まってきていた。

「なあ……あれ……」

「まさか、神獣……！」

ざわざわとざわめく学生たちのなかに、祈るような表情の姜尚とパンダの姿もあった。
神獣は優美な足どりで、見張り台のほうにあがっていく。
「あ……おい……神獣……！　危ねえぞ！」
千尋は慌てて立ちあがり、神獣の後を追いかけた。
純白の姿が、石壁の上に現れる。
その傍らに、赤い衣を着た千尋の姿が。
火矢が、千尋の顔の横を通り過ぎていった。
千尋は呆然と目を見開き、堀と石壁のむこうを見下ろした。
百メートルほど離れたところに、鎧を煌《きら》めかせて数百人の兵士たちが並んでいる。
その手前に、黒い煙のようなものをまとった地狼の群れがいた。
地狼たちは千尋と神獣を見、いっせいに怖ろしい吠え声をあげた。
そのとたん、空気が湿気を帯び、肌にねばりつくように重くなる。
(怖っ……)
思わず、怯《ひる》んだ千尋の身体を神獣が軽く押す。
——桃花、怖がるな。ぼくの背につかまれ。
神獣は、励ますように鼻を鳴らした。
千尋は恐怖を押し殺しながら、純白の毛並みにそっと指を滑らせた。

触れた部分が、ぼうっと淡く輝きだす。
(光った……！)
兵士たちがどよめき、地狼たちが低く唸《うな》る。
ねばりつくような大気が、少し退《ひ》いたようだった。
神獣は傲然《ごうぜん》と頭をふりたて、美しい勿忘草色《わすれなぐさいろ》の目で地狼たちを見下ろした。
——穢《けが》れし獣ども、この柏州から去れ。
神獣の思念が響きわたったとたん、大地が鳴動した。
ごうっと風が吹きぬけていく。
「うわ……！」
千尋の栗色の髪が、ふわっと翻る。
人々は見張り台の上に立つ二つの姿を見つめたまま、動かなかった。
陽が昇るにつれ、あたりはしだいに金色に染まりはじめる。
どこかで、小鳥が鳴きだした。
「何をしている！　撃て！」
指揮官の声だけが、虚《むな》しく木霊《こだま》する。
じりじりと地狼たちが前にでてきた。
——もう一度言う。去れ。

神獣が高らかに命じると、一瞬、オルガンのような音色が響きわたった。

昇る日輪の光のなかで、地狼たちの身体がボロボロと崩れ、吹き飛ばされていった。

空気が目に見えて明るくなり、透明感を増す。

（すげえ……）

兵士たちが呆然としたように、この光景を見つめている。

もう、陰の気はどこにもなかった。

「まだ攻撃するつもりですか」

ふいに、千尋の傍らに叔蘭が立った。折からの風に、長い銀色の髪が翻る。

「ここにいるあなたがたは、千年に一度、目にすることができるかどうかというものを見ています。この臥牛に柏州侯が降臨され、昇る陽のもとで地狼を退《しりぞ》けられたのです。なぜ、貴きものに刃《やいば》をむけるのですか」

叱咤《しった》するような声に、兵士たちが顔を見合わせ、武器を下ろした。

「バカ者！　賊軍の言葉に惑わされるな！　あれは幻だ！　攻撃をつづけろ！」

指揮官らしい男の叫びが聞こえるが、誰も従おうとはしない。

千尋は、ゴクリと唾《つば》を呑みこんだ。

まだ、自分の置かれた状況がよくわからない。

叔蘭が下のほうから手渡された青い旗をつかみ、高く掲げた。

「柏州侯と桃花巫姫《ふき》の御前です！　控えなさい！」

兵士たちが次々と膝を折りはじめた。

その時、街のほうから「桃花巫姫、万歳」「柏州侯万歳」の声があがった。声はしだいに大きなうねりのような拍手と歓声に変わっていく。

兵士たちのなかからも「万歳」の声が聞こえてくる。

「千尋さま、街の人や兵たちに手を振ってさしあげてください」

小声で、叔蘭が言う。

「えー？」

（手振って、どうするんだよ……）

それでも、叔蘭に促され、言われたとおりにすると、歓声がいっそう大きくなった。人々がみな、満面の笑みでこちらを見ている。拳《こぶし》をふりあげ、飛び跳ねる者もいる。

（やべえ。どこのコンサート会場だよ）

千尋は、じっとりと脂汗が滲《にじ》んでくるのを感じた。

神獣を助けたかっただけで、こういうことを望んでいたわけではない。

その時、バタバタという足音が近づいてきたかと思うと、見張り台の隣に、姜尚があがってきた。

姜尚は愉快そうな顔で石壁のむこうの人々を見下ろし、手をふった。

兵士たちのなかの何人かが手を振りかえし、上官に睨《にら》まれる。

「おーい！　おまえら、大学が燃えてるんだが、消火を手伝ってくれないか？　近くで柏州侯に拝謁できるぞ」

そのとたん、「手助けする！」という声がして、数人の男たちが包囲のむこうから駆けだしてきた。兵士ではなく、臥牛の住民のようだ。

姜尚が笑って「助かる」と叫んだ。

その後も、次から次へと街の人々がやってくる。みな、水桶《みずおけ》や食料を入れた籠《かご》を持っていた。

「おのれ！　妖術使いめが！　覚えておけ！」

状況が不利とみて、指揮官が馬に飛び乗った。鞭《むち》をふりあげ、「撤退」と叫ぶ。

それを合図のように兵士たちも隊列を崩し、敗走しはじめた。千尋たちのほうに手をふり、笑顔で駆け去っていく者もいる。

千尋は呆然としたまま、その光景をながめていた。

石塀の下に人が集まりはじめ、やがて学生と街の人が集団になって大宴会がはじまった。

＊　＊

あちこちで、笑い声が弾《はじ》ける。歌を歌いだす者もいる。

宴会は午後になっても続いていた。街から荷車に載せた酒樽《さかだる》が運ばれ、中庭の一角では肉が焼かれている。

桃花巫姫再来と神獣顕現の報は、数日のうちに蓬萊国の端々にまで伝わるだろう。

喜ばしい知らせを聞いて、近隣の郷や里からも、ぞくぞくと人がつめかけてきている。

これで事件がすべて丸くおさまるわけではない。柏州軍敗走の知らせを受けて、蓬萊王が次にどんな手を打ってくるのか、心配する者もいた。

だが、大半の学生たちは喜びに浮かれて、「男装の美少女」だと信じこんだ千尋のことや神獣のことを語りあっていた。

なかには、千尋が男の格好をしていたことさえ記憶になく、「白い衣を着た美少女がパーッと光った」「神獣に乗って空を飛んだ」「聖なる力で地狼を追い払った」などと興奮して語る者までいる。

千尋も今さら、自分は男だと言ったところでしかたがないので、みんなの思いこみを訂正はしなかった。

櫂は美少女で「桃花姫は女だと思わせておいたほうが、千尋が安全かもしれんな」と言って、美少女説が一人歩きするにまかせた。

ドブンと堀のほうで水音がした。

「あーっ！　バカ！　飛び込むな！」

「腹壊すぞ！」

どうやら、酔った学生たちが川に飛びこんだらしい。ゲラゲラ笑う声や、止めようとする声で堀のほうは騒然となった。

その騒ぎをよそに、祠堂の前の広場で千尋と櫂は姜尚、叔蘭とむかいあっていた。

四人の側には、翼龍が羽を休めている。

「行くのか？」

姜尚がボソリと尋ねてきた。

「うん。柏州の関江《かんこう》ってところに、前にここの大学で教授をやってた学者の爺《じい》ちゃんがいるんだってさ。あの平按《へいあん》の遺跡みたいなのを研究してるんだって。だから、その爺ちゃんに会って、帰る道を捜してみるよ」

「そうか。気をつけてな。ダメだったら戻ってこい。……なんだったら、ここを拠点《きょてん》にして調べまわってもいいんだぞ」

少し寂しそうに、姜尚が言う。

「ん……。ありがとう」

千尋は、微笑んだ。

姜尚が、ため息をついた。

「女なら、絶対行かせねぇんだが」

千尋と櫂は目を見合わせ、苦笑した。名残《なご》り惜《お》しい気持ちは、千尋にもわかる気がした。

「じゃあ、俺たちはこれで」

櫂が千尋の肩に腕をまわし、穏やかに姜尚をじっと見た。

姜尚が櫂の目を見返し、うなずいた。

「ありがとう。銀丹石と瑞香の件は感謝している。柏州巫子の代わりに、礼を言わせてもらう」

「おまえらのためにやったんじゃない」

櫂はボソリと言い、千尋の髪をくしゃっとした。

「なんだよ……。少しは素直にもの言えよ、櫂。別れ際まで……」

千尋は、櫂の目を軽く睨んだ。櫂は、楽しげな表情で千尋を見下ろしている。

姜尚は顎《あご》を撫でながら、そんな櫂を見、「やれやれ」と言いたげな顔をした。

「言われなくても、誰のためにやったかわかっている。むこうの世界に戻っても、達者で暮らせ」

「おまえもな」

初めて、櫂は姜尚にむかって笑いかけ、慣れた動作で翼龍の背にひらりと飛び乗った。

「来い、千尋」

さしのべられた手を、千尋は迷わずつかんだ。

櫂と一緒ならば、どこまででも行ける気がした。

翼龍の背にまたがり、ハーネスをつけると、黒い翼が力強く羽ばたきはじめた。

身体がぐんと前に出て、翼龍がふわっと浮きあがる。

雲一つない蓬萊の空が、千尋と櫂の前途《まえ》に広がっていた。

〈参考図書〉

『山海経　中国古代の神話世界』（高馬三良訳・平凡社ライブラリー）
『中国の妖怪』（中野美代子著・岩波新書）
『中国妖怪伝　怪しきものたちの系譜』（二階堂善弘・平凡社新書）
『中国服装史　五千年の歴史を検証する』（華梅著／施潔民訳・白帝社）
『図説　日本呪術全書』（豊嶋泰国・原書房）
『図説　日本未確認生物事典』（笹間良彦著・柏書房）
『道教の本』（学習研究社）

あとがき

はじめまして。岡野麻里安《おかのまりあ》です。他のシリーズも読んでくださっているみなさまには、こんにちは。お待たせしました。『桃花男子《とうかだんし》』第一巻『革命は花の香り』をお届けします。

このシリーズは一話完結形式で、全四巻を予定しています。中国ものは難しそう……と思われるかたもいらっしゃるかもしれませんが、あくまでも「お中華ふうのファンタジー」ですので、心配はいりません。内容はオリジナル設定ですので。

私も中国関係はあまりくわしくありませんが、中国の神話や妖怪《ようかい》の本を読んだ時のわくわくドキドキ感をお伝えできればいいいな……という気持ちで、がんばっております。

今回の主人公、小松千尋《こまつちひろ》は現代の高校一年生。イギリスと日本の血をひく美少年で、内弁慶の元いじめられっ子です。彼女いない歴は歳《とし》の数。なぜか怪しいパンダに襲われて、お中華ふうの異世界に飛ばされてしまいます。

千尋の幼なじみで親友の尾崎櫂《おざきかい》もまた、千尋と一緒に異世界へ。見知らぬ世界で、千尋は悪逆非道の王、蓬莱王《ほうらいおう》に追われる羽目になります。そんな千尋を助けてくれたのが、蓬莱王に抵抗する長風旅団《ちょうふうりょだん》の指導者、李姜尚《りきょうしょう》と神獣の巫子《ふし》、楊《よう》叔蘭《しゅくらん》。

千尋は叔蘭から自分が伝説の巫子姫《みこひめ》、桃花姫《とうかひめ》だと聞かされて、愕然《がくぜん》とします。

——オレは、桃花姫なんかじゃねえ！

長風旅団の仲間になるのを拒み、現実の世界へ戻る道を捜す千尋と櫂。しかし、運命は容赦なく二人に襲いかかる……！

——どうしよう……櫂……。オレたち、帰れるのか？　……帰れるんだよな？

……というようなお話です。今後、余裕があったら、蓬莱王とおニューの寵童《ちょうどう》のお話もじっくり書いてみたいと思っています。

タイトルのこと。

最初、『桃花巫姫《ふき》』にしようと思ったんですが、少年が主人公なのにタイトルが「姫」なのはどうかということで、編集さんと話し合った末に現在のものになりました。『紅雪酔夢』とか『神獣桃花伝』とか、中華色を前面に出したタイトル案もあったんですけれど。

『桃の天然少年』という案もあって、ひそかに私の一押しでしたが、言いだす前に『桃花男子』に決まってしまいました。『桃花男子』のタイトル案が没になったら、満を持して出すつもりだったのに（嘘）。

名前のこと。

蓬萊王、龍月季《りゅうげっき》の「月季」は中国産の野生の薔薇《ばら》のことだそうです。月季の和名は「庚申薔薇《こうしんばら》」。

李姜尚の「姜」は生姜《しょうが》のこと。千尋の異名「桃花」は言うまでもなく桃の花。姜尚の弟の睡江《すいこう》は睡蓮の「睡」をとったつもりでいましたが、気がついたら植物じゃなくなってるし。

そんな感じで、メインキャラと五つの州の名は植物関係でゆるく統一してみました。あ、櫂は仲間外れですが、特に意味はありません。

今回は名前が二文字や三文字の漢字ばかりで、キャラの見分けがつきにくいので、趙《ちょう》朱善《しゅぜん》は赤毛だから「朱」の字を入れるとか、楊叔蘭は美形設定なので「蘭」の字を入れてみるとか、ささやかに努力してみました。見分ける参考になさっていただけると（泣）。

あと、モブキャラの名前に意外に苦労しました。中国で、山田花子さんとか山田太郎さんにあたる名前ってなんだろう。

パンダのこと。

一見、パンダに見えますが、強い力を持つ妖獣です。鳴き声は「だー！」の予定でしたが、猪木《いのき》さんみたいなのでやめました。


千尋の武器のこと。

巫子姫はゲームだと補助系キャラのはずなので、武器や鎧《よろい》は装備できないでしょう。でも、千尋は護《まも》られるばかりの立場にうんざりして、櫂に剣を習ったりしそうです。そして、ゲットした妖獣にチョ〇ボと名付けて乗り回すかも。


前作『鬼《き》の風水』夏の章『鳴神―NARUKAMI―』が発売されてから、メールや掲示板などで、たくさんのご感想をいただきました。ありがとうございます。

一番多かったのは「主人公の筒井卓也《つついたくや》が相棒の篠宮薫《しのみやかおる》に喰われるほうが幸せだと思っていたけれど、『鳴神―NARUKAMI―』を読んで、喰われるのが幸せとはかぎらないと思った」というご感想でした。二人にとっての幸せの形は、これから時間をかけて捜していかなければいけないと思っています。

あと、薫が「いつか別の男が現れて、卓也を連れていくかも……」と思っていた件で

「別の女じゃないんですか?」という鋭い突っ込みをいただきました。別の女に連れていかれる卓也ですか……。相手が鬼女じゃないといいんですが(笑)。
秋の章では、ついに卓也と薫は引き裂かれ、別々の道をいくことになる……かもしれません。こちらもがんばりますので、応援どうぞよろしく!

おかげさまで、『少年花嫁《ブライド》』シリーズのドラマCDも順調に巻を重ねています。二月二十五日に、第四弾『剣《つるぎ》と水の舞い』がサイバーフェイズさんより発売されます。よろしかったら、聴いてみてくださいね。

次回予告です。
自分たちの世界へ帰る道をもとめて、翼龍《よくりゅう》で旅をつづける千尋と櫂。
しかし、陰《いん》の気の化け物に襲われ、千尋は櫂と離れ離れになってしまう。
——主上《しゅじょう》、まだあの寵童を捜しておられますの?
——余のものに手をだしてくれるな、玉蘭《ぎょくらん》。
——そう。それほどまでに。……わかりましたわ。
蓬萊王の千尋に対する寵愛の深さを知り、殺意を抱く香貴妃《こうきひ》——香玉蘭。
役人に捕らえられ、幽閉された千尋を狙《ねら》って、陰の気の化身、地狼《ちろう》と妖獣の群れが集まりはじめる。炎上する楼閣《ろうかく》と崩れゆく神獣の祠堂《しどう》。

——次に千尋に会ったら、言おう。おまえのことを愛していると。

——王を倒す以外に、帰る道はない。それが、そなたたちの定めよ。

大地を埋め尽くす深紅の旗の群れ。王の禁軍《きんぐん》。

——櫂、おまえはオレをだましていたのか……!?

……こういうお話になる予定です。


さて、最後になりましたが、前作に引きつづき、素敵なイラストを描いてくださった穂《ほ》波《なみ》ゆきね先生、本当にありがとうございます。お中華ふうの衣装、楽しみにしております。全四巻、どうぞよろしくお願いいたします。

それから、恩師のF先生。今回は本当にお世話になりました。ありがとうございます！

また、お名前は出しませんが、ご助力ご助言くださったみなさまに心からの感謝を。

そして、この本をお手にとってくださった、あなたに。

ありがとうございます。楽しんでいただけたら、うれしいです。

それでは、ますます盛り上がる第二巻でまたお会いしましょう。

岡野麻里安

岡野麻里安《おかのまりあ》先生の「桃花男子《とうかだんし》」第一弾、『革命は花の香り』、いかがでしたか？
岡野麻里安先生、イラストの穂波《ほなみ》ゆきね先生への、みなさんのお便りをお待ちしております。
岡野麻里安先生へのファンレターのあて先
〒112-8001　東京都文京区音羽２-12-21　講談社　文芸X出版部「岡野麻里安先生」係
穂波ゆきね先生へのファンレターのあて先
〒112-8001　東京都文京区音羽２-12-21　講談社　文芸X出版部「穂波ゆきね先生」係

N.D.C.913　302p　15cm

岡野麻里安（おかの・まりあ）

10月13日生まれ。天秤座A型。
猫と紅茶と映画が好き。たまにやる気を出して茶道や香道を習うが、すぐに飽きる。次は着付けを習おうかと思っているが、思っているだけで終わりそうな気もする。
・PC版HP「猫の風水」
http://www003.upp.so-net.ne.jp/jewel_7/
・携帯版HP「仔猫の風水」
http://k.fc2.com/cgi-bin/hp.cgi/fusui8/
本書は「桃花男子《とうかだんし》」シリーズ第1弾となる。

講談社X文庫

white heart

革命《かくめい》は花《はな》の香《かお》り　桃花男子《とうかだんし》

岡野麻里安《おかのまりあ》

●

2008年2月5日　第1刷発行

定価はカバーに表示してあります。

発行者——野間佐和子
発行所——株式会社　講談社
東京都文京区音羽2-12-21 〒112-8001
電話　編集部 03-5395-3507
販売部 03-5395-5817
業務部 03-5395-3615
本文印刷—豊国印刷株式会社
製本——株式会社千曲堂
カバー印刷—半七写真印刷工業株式会社
本文データ制作—講談社プリプレス制作部
デザイン—山口　馨

ISBN978-4-06-286511-1